KB177307

출구

출구

1판 1쇄 발행 2021년 11월 20일

지은이 이미선
발행인 이선우
펴낸곳 도서출판 선우미디어
등록 | 1997. 8. 7 제305-2014-000020호
130-100 서울시 동대문구 장한로12길 40, 101동 203호
☎ 2272-3351, 3352 팩스: 2272-5540
sunwoome@hanmail.net

값 13,000원

※ 충북문화재단에서 2021년 문화예술육성지원사업으로 제작비 일부를 지원받았습니다.

ISBN 978-89-5658-684-7 03810

출구

이미선 수필집

선우미디어 sunwoomedia

글집을 엮으며

내 일생에 책을 낸다는 것은 언감생심이었다. 글 조각들을 한데 뭉쳐 엮으려고 들여다보니 설레면서도 두렵다. 잠시, 내가 살아온 삶을 돌아본다.

몇 년 전 지인으로부터 수필 강좌가 열리니 함께 하면 어떻겠냐는 전화를 받았다. 여태 주부로 아이들 양육과 살림에만 관심을 두었지 새로운 것에 도전하겠다는 건 생각조차 하지 않았다. 학교 졸업한 이래 글을 써본 적이 거의 없어서 용기가 나질 않았다. 나와 비슷한 주부들이니 그냥 편하게 와서 도란도란 이야기나 하며 마음을 나누자고 한다. 나와 맞지 않은 길이라고 생각하면서도 슬그머니 마음이 끌렸다. 그렇게 수필과의 인연이 시작되었다.

처음부터 글을 쓰겠다는 욕심은 없었다. 문우들과 만나 이야기하며 글을 접하다 보니 마음이 조금씩 열렸다. 꼭꼭 숨겨둔 민낯을 드러내는 과정에서 실오라기 하나 걸치지 않고 서 있는 것 같아 얼굴 붉혔던 날이 얼마였던가. 가슴을 열고 보니 일곱 빛깔 각기 다른 그녀들의 삶 또한 나와 닮은 구석이 있어 위안이 되곤 했다. 사람살이에 모나게만 생각했던 세상이 둥글게도 보인다. 이제야 세상과 화해하는 방법을 조금씩 배워가고 있다.

어느덧 지천명을 넘어섰어도 내 삶은 여전히 시고 떫다. 글도 마찬가지다. 여물지 못한 걸 독자 앞에 내놓으려니 한없이 부끄럽고, 한편으론 떨린다. 그래도 용기 내어 수줍게 열었던 마음을 모아 글집을 엮는다.

1부에서는 글을 쓰기 시작하면서 나와 만나는 시간을 다루었다. 2부는 나를 있게 해준 부모와의 만남, 3부는 자식을 키우는 과정에서 겪게 된 일을, 4부는 고향에 대한 그리움, 5부는 이웃과 지역의 이야기로 갈래를 나누었다.

책을 내기까지 아무 말 없이 뒤에서 지켜봐 주던 남편과 항상 엄마를 믿고 지지해주는 든든한 아들, 늘 웃게 만드는 딸이 있어서 힘이 되었다. 가족은 내게 든든한 버팀목이요, 울타리다. 글집은 평범한 두 아이 엄마로, 주부로, 이웃으로 살아가던 나의 또 다른 성장이다. 사람에게 상처받았던 일들을 사람들과 글로 소통함으로써 치유 받고 활력을 얻는다.

글쓰기를 통해 또 다른 세상이 있음을 알게 해준 김윤희 선생님께도 감사드린다. 사람살이에 더욱 단단해지도록 아낌없이 지지해주는 문우들이 있어서 든든하다.

2021년 가을

차례

2부 시간 도둑

3부 사십일만 삼백이십 원

4부 고향 집

5부 깜깜 절벽 앞에서

1

나를 깨운다

한 번만 봐 줘

남자들에게도 갱년기가 오는가. 요즘 남편이 한결 부드러워졌다. '세월 앞에 장사 없다'라는 말이 있듯이 변하기 시작했다. 아이들과 눈높이를 맞추려 노력하는 것 같다. 나와 아이들 입장에서는 긍정적인 변화지만, 남편을 바라볼 때 안쓰러운 생각이 든다.

베이비붐 세대에 태어나 열심히 일만 할 줄 알았지 아이들과 소통이 잘 이루어지지 않고, 놀아주는 방법도 모른다. 사랑하는 감정도 일방적일 때가 많다. 물론 자신만을 위해 살았던 적은 없지만, 배려를 잘 모른다.

아버지는 둘째 딸인 내가 결혼을 안 할까 봐 노심초사하며 지인들께 중매를 부탁하셨다 한다. 동생이 결혼하기 위해 남자친구와 인사 왔을 때 뒤돌아 앉아 인사도 받지 않으셨던 분이다. 역혼을 허락할 수 없다는 뜻이다. 나는 괜찮다고 했지만, 아버지는 둘째 딸의 결혼을 간절히 바라며 걱정을 하셨지만 끝내 내 결혼을 보지 못하고 돌아가셨다.

나는 작은 아파트를 장만하여 혼자 사는 것에 대해 별로 아쉬운 것이 없다고 생각했다. 그 무렵 전에 다니던 회사의 거래처 직원이었던 그 사람이 다가왔다. 처음 만났을 때는 자신만만한 남자였다. 싫다고 여러 번 거절했지만 굴하지 않고 계속 연락을 해왔다. 그 사실을 알고 엄마는 아버지가 돌아가시기 전 내가 결혼하기를 바라셨고, 당신도 소원이라며 내 두 손을 꼭 잡고 울먹이셨다. 차마 뿌리치지 못하고 만나만 보겠다고 했다. 마음이 갈팡질팡했다. 미래에 대한 확신 없는 결혼생활이 불안감으로 밀려왔기 때문이다.

마음속으로 줄다리기를 하는 사이 나를 만나겠다고 찾아온 그 사람을 언니는 덜컥 집으로 가자고 이끌었다. 그날로 가족과 그 사람은 일사천리로 결혼 준비를 해 버렸다. 엄마는 내가 좋아하는 사람보다 상대가 나를 좋아하는 사람과 결혼하는 것이 좋다고 생각하셨단다. 집에 인사 온 지 이틀 후 그 사람 집에 인사를 하고, 정신 차릴 사이도 없이 한 달 만에 약혼까지 했다. 꼼짝없이 해야 할 상황이었다. 그렇게 그는 폭풍이 몰아치듯이 내게로 와 남편이 되었다.

처음에는 더할 나위 없이 잘해줘서 연애하는 기분으로 살았다. 살아보니 남편은 양은 냄비 같은 남자다. 늘 쉽게 끓고 쉽게 식는다. 항상 화가 가득 차 있다. 누가 건드리지 않아도 벌어지는 상황이 맘에 안 들면 그것이 화로 이어지기도 했고, 아이들을 힘들게 했다. 그래서인지 아이들은 아빠를 지금까지 무서워한다. 작은 아이는 어떤 일이든 아빠를 빼고 셋이 하자고 할 정도다. 자기 세계가 강해서 누구의 말도 잘 안 통할 때가 많다. 남에게 집안 이야기 하는 것도 싫어한다. 가끔은 벽에 대고 말하고 있는 것 같아 답답했다. 그래도 오로지 가족밖에 모른다. 술도 마시고 않고 친구들 만나는 일도 거의 없다. 집과 회사를 오가는 시계추 같은 사람이다. 남편에게 맞춰 생활하려니 몸도 마음도 지쳐만 갔다.

그랬던 그가 어느 날부터인가 변하기 시작했다. 작은 변화지만 부드러워지고 있는 걸 느꼈다. 아이들도 한결 편안해한다. 어쩌다 같이 장난을 칠 때도 있다. 이제야 아이를 조금씩 알아가는 것 같다.

어느 날 남편은 미안했는지 커피를 타와서 같이 마시자며 옆구리를 콕콕 찌른다. 남편은 손가락 세 개를 펴서 눈 옆으로 대고 씨익 웃으며 "한 번만 봐 줘, 나 세 살이잖아" 한다. 그 모습에 웃음이 빵 터졌다. 속상했던 마음은 온데간데없이 봄눈 녹듯 사르르 풀렸다. 그동안 힘들게 해 미안하다며 사과도 한다. 영원히 철들고 싶지 않다는 그를 미워할 수가 없다. 아직 전쟁과 평화가 반복되고 있다. 그래도 숨통이 트인다. 옛말에 '남편 시집살이는 해가 갈수록 수월해지고 자식 시집살이는 해가 갈수록 힘들어진다'라고 했는데 그 말이 딱 맞는 듯하다. 그래, 봐주자. 늦둥이 아들 하나 더 둔 셈 치지 뭐.

포플러나무 아래

겨울이 시작될 때쯤 친정엄마가 오셨다.

다음날부터 한 시간 정도 걸어주는 것이 좋으니 함께 걷자고 한다. 꾸준히 걷기 운동을 하는 엄마는 이곳에 와서도 거르지 않으셨다. 점심을 먹고 엄마와 함께 집을 나섰다. 바람이 좀 불기는 하지만 걷기에 좋은 날이다. 제법 차가워진 바람이 마음속까지 청량하게 만든다.

엄마가 계시는 동안 날마다 코스를 바꿔가며 길 안내를 했다. 그날은 백곡천 산책로를 따라 테마공원 쪽으로 향했다. 그 길 중간쯤 지났을 때다. 어디선가 두런두런 대화 소리가 들려온다. 누가 오는지 알지 못한 듯 재잘재잘 자기들 얘기에 푹 빠져 있다. 그 소리가 참 재미나게 들렸다. 잠시 멈춰 그들의 얘기에 귀 기울이려고 다가가자 이내 인기척을 느끼고 황급히 달아난다. '푸드덕' 날아오르는 그들을 자세히 보니 뱁새(붉은머리오목눈이)인 모양이다. 노크도 없이 다가갔으니 얼마나 놀랐을까.

다시 산책로로 발길을 옮겼다. 냇가 쪽으로는 갈대와 버들이 어우러져 있고 둑 쪽으로는 미루나무가 줄지어 있어 오솔길을 걷는 느낌이 든다. 시원스레 위로 쭉 뻗은 미루나무는 예전엔 참 많았는데 요즘 보기 어려운 나무다. 엄마는 오래전에 사라진 미루나무를 여기서 다시 보게 되어 반갑다고 한다. 나무를 올려다보며 옛 생각이 나는지 미소를 짓고 있다. 그런 엄마를 보며 나는 나대로 추억의 페이지를 넘겨본다.

어느 여름날, 잎이 무성한 나무 그늘에서 한 번쯤 동화 속 주인공을 꿈꾸었을 아이들이 그곳에 있다. 실바람만 불어도 자지러지게 웃고 떠들던 소녀들이다. 그 애들에겐 예쁜 꿈도 많았다. 재깔대던 아이들의 바람이 나뭇잎에 올라앉아 춤을 춘다. 인자한 선생님으로, 간호사, 요리사, 경찰 등 다양한 모습으로 나풀나풀 웃고 있다. 그중에 어렴풋이 현모양처가 꿈이라 말하던 아이도 있었다. 참 풋풋했다.

세월이 흘러 중년이 된 지금 그 꿈들을 다 이루었을까. 어떻게 변했을까. 중학교를 졸업한 후 한 번도 만나지 못한 친구들의 얼굴이 기억 저편에서 가물거린다. 많은 세월이 흐른 지금 만나면 어쩜 알아보지 못할지도 모른다. 그래도 푸르렀던 그 시절만큼은 또렷하다. 문득 예전에 들었던 배따라기의 '포플러나무 아래'라는 노래가 떠올라 휴대폰으로 그 노래를 틀었다.

'포플러나무 아래 나만의 추억에 젖네. 푸른 하늘이 슬프게만 보

이던 거리에서 언제나 말이 없던 너는 키 작은 나를 보며 슬픈 표정으로 훔쳐보곤 했지.'

음을 따라 흥얼거리며 들으니 오늘만큼은 순수했던 사춘기 소녀로 돌아간 듯 옛 생각에 젖어 들었다. 사람은 추억을 먹고 사는가보다. 철없던 그 시절이 그립다. 먹을 것, 입을 것 부족했던 그 시절이 그리운 건 때 묻지 않은 순수 때문이리라.

쭉쭉 뻗은 미루나무를 따라 길을 걷는다. 옆에서 허리 굽은 엄마가 내 걸음에 발을 맞추고 있다. 엄마는 지금 어떤 생각을 하고 있을까.

"이곳, 진천에 오면 걸을 곳이 많다."

엄마의 목소리가 해맑게 들린다.

도라지꽃

3년 전 시댁에서 도라지 씨를 얻어왔다. 보라색 꽃이 예쁘다고 하니 형님이 챙겨 주신 거다. 이른 봄, 화분에 씨앗을 뿌려 베란다에 놓아두었는데 얼마 동안 미동도 없었다. '잘못 심었나?' 그리곤 잊고 있었다. 얼마 후, 흙 사이를 비집고 뾰족뾰족 연보랏빛 얼굴을 살포시 내민다. 막 나온 도라지의 새싹을 이렇게 가까이서 보는 것은 처음이다. 얼마만큼 자라고 있나 눈길이 머문다. 정성 들여 물을 주었다. 하루가 다르게 자라는 모습이 신기해 사진을 찍기도 했다.

기대와는 다르게 자라면 자랄수록 비실비실 힘이 없어 보였다. 비좁은 화분에서 살아내려니 버겁기도 했을 것이다. 그런 환경에서도 비록 가느다란 몸이지만 보라색 꽃을 함초롬히 피워냈다. 시간이 갈수록 시원찮았지만, 잘 버텨주었다. 3년이란 시간이 흘렀다.

도라지는 한 자리에 오래 살지 못한다는 소리를 들었다. 흙의 자양분을 다 빨아들여 더는 살 수 없는 형편이 되면 뿌리는 썩어버린단다. 분갈이를 할까, 뽑아버릴까 고민이 되었다. 뿌리가 얼마나 자랐는지 궁금해서 캐 보기로 마음먹고 화분을 뒤집었다. 흙 속에서 드러난 뿌리는 시장에서 봤던 미끈하게 쭉쭉 뻗은 도라지의 모습과는 사뭇 달랐다. 짜리몽땅한 키에 솜털처럼 가느다란 잔뿌리가 뭉실뭉실하게 흙과 뒤엉켜 있다. 비좁은 화분에서 저를 위해 얼마나 몸부림을 치며 버둥거렸으면 저러할까 마음이 짠하다.

볼품없는 도라지를 바라보면서 불현듯 나 자신과 닮았다는 생각이 들었다. 예쁘고 아름다운 모습은 아니지만 나도 한때, 나름대로 멋진 미래를 꿈꾸었다. 그러나 삶이 계획대로 살아지지는 않았다. 꿈을 포기하고 일찍 생활전선에 뛰어들어 열심히 앞만 보고 달렸다. 결혼하고 아이를 낳아 기르느라 나 자신을 돌아볼 틈도 없이 살았다. 어느 정도 아이가 크고 조금의 여유가 생기니 자꾸 아프다고 몸에서 신호를 보낸다.

다시 활력을 찾기 위해 바지런히 몸을 놀렸다. 아들 또래 청년들의 수업 청강도 해보았다. 글쓰기 모임의 동반자들을 만나 이런저런 삶의 무게도 나누며 적당히 여유도 부려본다. 몸이 훨씬 가벼워졌다. 아이들만을 위한 삶에서 잠시 벗어나 나 자신을 찾아 한발 한발 다가서는 느낌이다.

도라지를 다 캐고 보니 양손 가득 많은 양이다. 한 뿌리를 씻어 맛을 보니 쌉싸래하고 도라지 향이 제법 난다. 볼품은 없어도 도라지는 도라지인가 보다. 주어진 환경에서 묵묵히 제 역할을 다하고 있었던 거다. 화분에 새 흙을 담아 다시 심었다.

태양의 기운을 양껏 마시며 제자리를 잡아 튼실하게 뿌리내리길 고대하며 화분에 물을 듬뿍 주었다. 커피 물을 올리고 컴퓨터 자판을 누르는 내 마음엔 어느새 보라색 도라지꽃이 함박이다.

엄마의 김밥

김밥은 설렘이고 그리움이다. 어린 시절 학교 다니면서 가장 기다리던 것이 소풍이다. 교실을 벗어나 공식적으로 맘껏 놀 수 있는 날이기 때문이다. 이날은 유일하게 김밥을 먹을 수 있는 날이기도 하다. 엄마는 김밥을 잊지 않고 준비해 주셨다. 도시락은 친구들 사이에서 기죽지 말라는 엄마의 응원과 같은 것이다.

아이들을 키우면서 봄가을 소풍, 운동회 등 일 년에 몇 번은 김밥을 싸게 된다.

어느 소풍날이다. 당일 아침에 준비한 재료들을 다 꺼내놓고 김밥을 싸려는데 이게 웬일인가? 김이 없다. 선생님의 도시락까지 싼다고 호기롭게 약속까지 했는데 당황했다. 동네 사는 지인에게 혹시 김이 있냐고 새벽 댓바람에 문자를 날렸다. 겨우 두 장이 있다고 한다. 그거라도 가져다 아이 김밥은 우선 해결했는데 선생님 도시락이 문제였다. 큰소리를 쳤기 때문에 안 쌀 수도 없는 상황이다. 퍼뜩 주먹밥 생각이 나서 부랴부랴 통조림 참치를 매콤하게 양념하여 쌌다.

소풍을 다녀온 후 선생님으로부터 전화가 왔다. 주먹밥을 다른 선생님들과 나눠 먹었는데 다들 맛있게 먹었다고 하신다. 인기가 아주 좋았단다. 그 말씀에 나도 모르게 입가에 미소가 머문다. 오늘 싼 도시락은 김빠진 주먹밥이다. 맛있게 먹었다는 선생님의 말씀은 내 어린 시절 엄마의 김밥을 기억에서 끄집어 올렸다.

친정엄마는 형편이 어려운데도 소풍 때면 김밥을 준비하셨다. 당시에는 단무지, 시금치, 당근, 달걀이면 최고의 재료였다. 그게 다였지만 엄마의 정성을 꾹꾹 말아 넣은 김밥은 꿀맛이었다. 그렇기에 소풍 전날은 마음이 들떠서 잠을 설치곤 했다.

반면에 언니의 추억은 달랐다. 다섯 살 터울인 언니는 두 오빠가 같은 날 소풍을 가는 바람에 도시락이 없었다. 엄마는 언니에게 도시락이 없으니 소풍을 가지 말라고 했단다. 언니는 주발에 맨밥이라도 좋으니 가게 해 달라고 졸랐다. 주발 도시락을 보자기로 싸서 달랑달랑 매달고 소풍을 갔다. 모양만으로도 다른 친구들이 어떤 도시락인지 다 알아채서 창피했지만, 그렇게라도 친구들과 같이 가고 싶었단다. 언니에게 김밥 도시락은 꿈에 불과했지만 그래도 설렘으로 가득한 소풍을 갈 수 있어서 좋았다고 한다.

예나 지금이나 나는 김밥을 좋아한다. 손이 많이 가는 음식이라 많이 싸지 않으면 사 먹는 것이 오히려 효율적이고 편하다. 그런데도 나는 꼭 김밥을 준비한다.

어린 시절 내성적인 내가 기죽을까 봐 어렵사리 김밥을 싸 주셨던 엄마의 마음을 안다. 그래서 김밥을 좋아하는 것인지도 모른다. 자식들도 나를 닮았는지 김밥을 좋아한다. 아이들이 먹고 싶다면 수시로 김밥을 싼다. 엄마의 정성을 꾹꾹 말아 싼 김밥, 그 그리움을 즐기는 건지도 모른다.

민들레와 하얀 나비

거울을 바라보다 화들짝 놀랐다. 헝클어진 머리에 퉁퉁 부은 눈은 마치 붕어 같다. 지난겨울부터 마음의 갈피를 잡지 못해 몸살을 앓고 있다. 바깥일이 없을 때는 죽은 듯이 잠에 빠져든다. 몽롱한 상태로 블랙홀에 한없이 빨려 들어가는 느낌이다.

멍하니 허공을 응시하다가 '정신을 차려야지'라고 중얼거리며 머리를 툭툭 때리곤 한다. 맑은 공기를 쐬려고 베란다 창문을 열었다. 시원하다. 기분이 조금은 나아지는 것 같다. 그대로 쪼그리고 앉아 창가에 찾아든 봄을 바라본다. 화분 한 귀퉁이에서 온기를 머금은 민들레가 나를 향해 활짝 웃는다. 가느다란 꽃대궁이 힘겨워 보이지만 미소만큼은 환하다.

지난해 길 가다 장난삼아 민들레 갓털을 훑어 주머니에 넣어왔다. 빈 화분에 씨앗을 넣고 살짝 흙을 덮어 주었더니 얼마 지나 파릇파릇 새싹이 돋아났다. 그런 뒤로 올해도 꽃은 잊지 않고 찾아와 주었다.

민들레는 짓밟혀도 다시 일어나는 끈질긴 생명력이 서민들의 삶과 닮아 민초로 비유되기도 하는 들꽃이다. 노란 꽃이 오늘따라 애처롭게 보인다. 꽃 위에 하얀 나비 한 마리를 그려 넣었으면 좋겠다는 생각이 든다. 자유롭게 날다가 꽃에 앉아 세상 이야기를 들려주는 그런 친구 말이다.

느닷없이 고등학교 때 처음 들었던 가수 김정호의 '하얀 나비'를 떠올렸다.

'음~ 어디로 갔을까. 길 잃은 나그네 / 음~어디로 갈까요. 님 찾는 하얀 나비 / 꽃잎은 시들어도 슬퍼하지 말아요. / 때가 되면 다시 필 걸 서러워 말아요.'

그가 죽던 날, 나는 처음으로 라디오에서 흘러나오는 '하얀 나비'의 노래를 듣게 되었다. 슬픈 소식 때문이었는지, 목소리 때문이었는지 기억은 흐릿하지만, 그날부터 하얀 나비는 내 가슴에 애절하게 다가왔다. 김정호라는 가수는 그날 처음 알았음에도 예전부터 알고 있었던 것처럼 그를 잃은 상실감이 아픔으로 느껴졌다. 잘 알지도 못하면서 막연하게 동경하는 마음이 생겼나 보다. 작은 것 하나에도 우수에 젖어 들던 그때의 순수함이 그립다.

문득 눈앞의 민들레에게 미안한 마음이 든다. 어쩌다가 내 눈에 띄어 작은 화분에 갇혀 있을까. 한정된 공간에서 제대로 날지도 못하게 자유를 구속해 놓은 건지도 모른다. 며칠 있으면 민들레는 자유를 갈망하는 하얀 솜꽃으로 변할 것이다. 그리곤 다시 어딘가로 떠날 채비를 하겠지. 그녀의 또 다른 삶을 찾아서.

민들레는 자신의 삶을 타박하지 않는다. 주어진 여건대로 묵묵히 화분에 들어앉아 저리도 예쁜 꽃을 피워내는데 하물며 인간인 나는 왜 이러고 있는 것인가. 민들레의 강인함을 닮고 싶다. 민들레의 꽃말은 사랑과 행복이고, 하얀 나비의 꿈은 길몽이라 하지 않던가.

거실 안으로 들어온 햇살이 봄맞이를 가자며 슬며시 손목을 잡아 일으킨다. 훌훌 자리를 털고 일어나 밖으로 나섰다. 하얀 나비의 꿈이 저만치서 손짓을 한다.

남편의 사랑법

입영식이 끝나갈 무렵 남편은 갑자기 숨이 안 쉬어진다며 가슴을 친다. 아들의 군대 입소식에 올 때까지만 해도 별 반응이 없었던 남편이다. 갑자기 멀어져 가는 아들을 향해 뛰어간다. 그리곤 이름을 부르며 사랑한다고 목청껏 소리를 지른다. 한 편의 영화를 보는 것 같았다. 전혀 생각지도 못한 행동이었다.

멀어지는 아이의 뒷모습을 보며 불현듯 지난날 자신이 애들에게 했던 못난 행동이 떠오르더란다. 아들과의 불통으로 아이의 마음을 모르기도 했지만, 자신의 화를 아이들에게 쏟아냈던 기억에 더 아파했다. 그런데다 당신이 군 생활을 겪어봤기 때문에 더 가슴에 와닿기도 했을 것이다. 아들은 그렇게 입소했다.

훈련소에 있을 때 온라인으로 훈련병에게 편지를 쓸 수 있다. 아들에게 편지를 써 지정된 곳에 올려놓으면 다음 날 전해주는 방법으로 소통을 한다. 매일 편지 한 통 이상을 남긴다. 그러면 아들은 짧게나마 잘 읽었다는 인사말을 남긴다. 남편은 아들의 소식이 오기를 매일 기다린다. 소식이 궁금한 나머지 내가 집안일을 하다 조금이라도 컴퓨터 앞에 늦게 앉으면 한마디 한다. 자신은 쓰지도 않으면서 나에게만 편지를 쓰라고 재촉을 하고, 몇 통이나 썼는지 수시로 확인도 한다.

훈련소 군사 기초훈련 수료식 이틀 전 나는 방광염을 심하게 앓았다. 열까지 나면서 통증을 동반한 혈뇨에 화장실을 가는 것조차 무서울 정도였다. 남편은 아픈 나를 걱정하기보다는 아이의 수료식에 못 갈까 봐 짜증을 낸다. 그런 남편을 향해 "걱정하지 마, 내가 기어가는 한이 있더라도 갈 테니까!"라며 버럭 화를 냈다. 다행히도 약을 먹고 통증이 잦아들어 겨우 참석을 할 수 있었다.

남편은 아들이 군대 간 후로 애가 좋아하는 음식은 먹지도 않고 휴가도 가지 않겠다고 한다. 딸아이가 여행을 가고 싶다고 해도 오빠가 와야 간다는 것이다. 혼자만 아들이 있는 것처럼 요지부동이다. 어차피 기대도 하지 않았다. 셋이 떠나는 여행은 재미도 없을 것이라 상상이 되어서다. 놀 줄 모르는 남편은 만약에 간다 해도 보나 마나 휙 갔다가 제대로 둘러보지도 않고 빨리 돌아가자고 재촉할 게 뻔하기 때문이다. 아들에게서 전화가 왔을 때 그 이야기를 했더니 그럴 거라며 맞장구를 친다. 옆에서 그 소리를 듣고 피식 웃는다. 조금은 찔리는 모양이다.

남편은 그동안 질투가 늘었다. 아들과 다정히 통화만 해도 둘이 무슨 얘기를 하냐며 자기를 흉보는 것 같다고 스피커를 켜고 통화를 하란다. 어이가 없다. 예전에 엄하게 꾸중을 하고 아이들과 함께하지 못한 것 때문에 아들이 자기를 멀리할까 봐 마음이 불안한가 보다. 아들이 군대 가기 전보다 당신을 많이 이해하는 것 같다고 했더니 마음이 놓이는지 웃는다.

아직 위로 휴가를 나오지 않아서 면회는 안 된다. 아들 바라기인 남편은 만날 수 있는 날을 손꼽아 기다린다. 다음에 면회할 수 있을 때쯤 딸아이와 함께 여행 삼아 다녀와야겠다.

가벼워지고 싶다

아침 일찍 지리산으로 향했다. 한국의 아름다운 길이라는 이정표를 따라 산길로 접어든다. 초입에 천은사라는 곳이 있어 잠시 들르기로 했다. 처음부터 그곳을 가려고 나선 길은 아니다. 낯선 손님의 방문에 박새가 놀랐는지 화들짝 날아오른다. 일주문으로 들어섰다. 연일 폭염 속에 있다가 산사를 찾으니 나뭇잎이 나를 반기듯 나풀나풀 춤을 춘다. 산세에서 풍기는 청량감은 어지러웠던 마음을 맑힌다.

여유로운 걸음으로 일주문을 지나 수홍루 다리에 섰다. 일주문을 들어서면 부처님의 세계에 들어서는 것이라고 한다. 수홍루가 속세와 부처님의 세계를 이어주는 것만 같다. '이 다리를 건너야 다른 세상으로 발을 들여놓는 것일까?' 대여섯 걸음이면 건널 수 있는 다리 중간에 멈춰 섰다. 작은 호수에서 불어오는 바람이 온몸으로 파고든다. '아, 시원하다.' 절로 감탄사가 나온다. 주변을 둘러보다 시선이 다리 밑으로 향했다. 물고기들이 유유자적 한가로워 보인다. 산사 앞 개울에 사는 물고기도 풍류를 즐기는구나 하는 생각이 들자 피식 웃음이 나온다.

다리를 건너자 기념품 가게 옆에 샘이 있다. 감로수라 한다. 일주문을 지나서 수홍루로 향하던 길에 보았던 구렁이 전설이 얽힌 샘이다. 조선 숙종 때 단유선사가 절을 중수하려는데 샘터에 구렁이가 자주 나타나 사람들을 무섭게 하여 한 스님이 죽였단다. 그때부터 샘에서는 더는 물이 솟아나지 않았다. 하여 절 이름을 '감로사'에서 '천은사'로 바꾸었다고 한다. 샘이 숨었다는 뜻이다.

이후로 절에 불이 나는 등 불상사가 끊이지 않았다. 사람들은 절의 물길을 지키는 이무기를 잡아서 그런 것이라고 했다. 천은사에 들렀던 명필 이광사가 그 소식을 듣고 '불은 물로 다스려야 한다'라며 물 흐르는 듯한 서체로 '지리산 천은사'라고 현판을 써 붙였다. 신기하게도 그 뒤로 그런 일이 없었다고 한다.

화엄사, 쌍계사와 함께 지리산 3대 사찰 중 하나인 천은사는 명성에 비해 스님들이 소박해 보인다. 천년을 이어온 기운이 내 안에 스며드는 것 같아 전율이 느껴진다. 사천왕 앞을 지나 절 안으로 들어섰다.

때마침 멸종 위기 텃새인 양비둘기가 우리를 반기듯 주변을 맴돈다. 보기 어려운 새를 본다는 것은 행운이다. 그 행운이 내게도 가득 차오길 기원하며 다시 발걸음을 옮겼다.

조금 더 들어가 보니 뒤편으로 보리수나무가 있다. 내가 알던 새콤한 맛의 붉은 열매가 달리는 그 나무와는 확연히 다르다. 넓고 둥근 잎 사이로 콩알만 한 열매가 대롱대롱 흔들린다. 처음 본다. 부처님은 보리수나무 아래서 깨달음을 얻었다고 한다.

그 나무 아래에서 잠시 나를 돌아본다. 요즘 이유 없이 가슴이 답답했다. 무엇인가 자꾸 채우려는 욕심이 일었나 보다. 조금이나마 해소하고 싶어 나선 길인데 마음 비우기가 쉽지 않다.

좀 더 안으로 들어가니 바위에 돌탑을 쌓아놓았다. 누군가의 간절함을 담은 바람들이 하늘을 향해 올라있다. 나는 돌을 올리지 않았다. 가벼워지고 싶은 마음에 또 다른 욕망이 오를까 싶어서 한발 물러선 것이다.

절을 뒤로하고 성삼재로 향했다. 왜 이곳을 한국의 아름다운 길이라 했는지 이해가 되었다. 계절별로 다른 느낌이 든다. 지난겨울에 본 지리산은 황홀했다. 얼음꽃을 보는 순간 아름다움에 저절로 입이 떡 벌어져 다물지를 못했다. 어찌 표현해야 제대로 표현했다고 하나, 그 자체로 장관이었다. 봄과 가을의 정경은 직접 보지는 못했지만, 그 또한 아름다우리라는 생각이 들었다. 굽이굽이 돌아올라가 드디어 성삼재에 도착했다.

폭염 경보 문자가 떴는데도 이곳의 볕은 뜨겁지 않다. 전망대에 올랐다. 바람에 내 몸을 맡기고 서서 한참 동안 산의 기운을 받아들인다. 뼛속까지 시원함이 전해온다. 옆의 관광객들이 이야기하는 소리가 들린다. 이곳이 얼음골이란다. 시원하다는 말일 게다.

나도 모르게 그 말에 고개가 끄덕여진다. 이곳에서 살고 싶다는 생각이 들 정도다.

내려오는 길, 어느 이름 모를 풀꽃에 나비가 유유히 날아든다. 여유로워 보인다. 답답했던 가슴이 조금은 풀리는 것 같다. 한동안 우울감에서 헤매고 있던 마음을 지리산에서 훌훌 털어내니 편안해진다. 가끔은 나를 위로해 줄 여행도 필요하다.

나를 깨운다

여린 가슴에서 꿈이 무너지는 소리를 듣는다.

중학교 2학년 때 담임인 영어 선생님을 만난 이후로 줄곧 선생님이 되겠다는 꿈을 꾸었다. 그러나 우리 집 형편으로는 고등학교도 진학하기 어려웠다. 한량인 아버지 밑에서 올망졸망한 육 남매는 엄마만 바라볼 수밖에 없었다.

엄마 혼자의 힘으로는 아무리 날품팔이를 해도 나아질 기미가 보이지 않는다. 얼마 안 되는 논농사로는 빚을 갚기는커녕 이자 내기에도 버거웠다.

언니는 초등학교를 졸업하자마자 남의 집 식모살이를 갔다. 그래도 형편이 여의치 않아 다시 공장으로 전전하며 돈을 벌다 도망치듯 결혼을 했다. 사정이 그러한데 어떻게 내가 가고 싶은 고등학교에 진학을 꿈꿀 수 있겠는가.

중학교 3학년 막바지, 진로를 결정해야 할 때다. 인문계 고등학교에 갈 것인지 상업계 고등학교로 갈 것인지 수없이 고민했다. 엄마께 대전여고를 가고 싶다고 조심스럽게 말씀드렸다. 아무래도 힘들겠다는 대답이 돌아왔다.

원하는 곳으로 진학을 하기 어렵다는 소식을 접하게 된 담임 선생님이 집으로 찾아왔다. 외지로 내보낼 형편이 안 되면 당신 집에서 통학을 시키겠다며 공주여고라도 보내는 것이 어떻겠냐고 하셨다. 선생님의 설득과 배려로 겨우 엄마의 허락을 받아냈다. 나는 뛸 듯이 기뻤다.

엄마는 공주로 내보낼 결정을 하고 차마 선생님께 신세를 지기가 어려웠는지 여러 방면으로 고민을 했다. 수소문 끝에 이웃 동네 언니가 학교 인근에서 자취한다는 소리를 듣고 같이 지내게 할 요량을 하셨다.

어렵사리 들어간 학교생활은 꿈만 같았다. 수줍은 성격이지만 옆 짝꿍과도 금방 친해졌다. 여느 애들과 같이 발랄한 여고생의 면모를 갖춰갔다. 그러나 그것도 잠시였다.

주말을 이용해 집에 다니러 올 때마다 뻔히 보이는 집안 형편을 외면하기가 힘들었다. 책값을 가지러 갔다가 겨우 차비만 받아 오기 일쑤였다. 바로 아래 동생은 내가 돈을 많이 가져간다며 올 때마다 짜증을 퍼부었다. 거기에다 잘 먹지도 못한 상태로 남의 집 일을 다니는 엄마는 밭에서 쓰러지기도 했다. 나는 돈을 벌어야 한다는 압박감도 있었고, 무능한 아버지에게 화가 나서 대학 진학을 포기하겠다는 말을 얼떨결에 뱉고 말았다.

그 말을 하고 난 뒤 어느 날 오후, 청소 시간에 도장을 가지고 교무실로 오라는 방송이 나왔다. 무슨 일인가 싶어 달려갔다. 교무실에서 담임 선생님을 만나고 굳은 표정으로 나오는 엄마를 보았다.

'올 것이 왔구나.'

직감했다. 끝내 이 학교와의 인연은 이것으로 끝나고 마는 것인가. 나는 엄마를 붙들고 한 번만 다시 생각해 보면 안 되겠냐며 애원을 했다. 엄마는 이미 끝난 일이라며 애써 차갑게 돌아선다. 그리곤 하루의 말미를 줄 테니 친구들과 잘 정리하고 오란다. 그날 처음으로 엄마가 미웠다. 이런 집에 태어난 내가 싫었다. 그러나 그 결정을 하기까지 엄마는 얼마나 괴로웠을까. 마음을 알기에 받아들일 수밖에 없었다.

다음날 상업학교로 전학을 했다. 낯선 환경과 처음 접해본 상업계 과목을 대하니 뭐가 뭔지 이해가 되지 않았다. 주판알을 튕기고, 타자기 두드리는 게 왜 이렇게 어색하고 어렵던지…. 이미 주산 3급을 딴 친구도 있었는데 나는 주산 시간만 되면 배가 아팠다. 시간이 가면 갈수록 정도가 점점 심해져 배를 움켜잡고 뒹구는 날도 있었다. 상업계 과목은 죽기보다 싫었다.

나의 모든 화는 고스란히 술과 화투로 시간을 탕진하는 아버지에게로 향했다. 책임감 없고 무능한 아버지가 미웠다. 말조차 섞고 싶지 않아 묻는 말만 답하고 마음의 문을 닫아걸었다. 학교생활은 남의 일 인양 아무런 흥미도 의욕도 없이 형식적이었다. 졸업 후 도망치다시피 집을 떠났다.

안양 언니네 집으로 올라갔다. 겨우 취직자리를 얻어 언니네 다락방에서 생활했다. 그러나 여기도 내가 있을 곳은 못 되었다. 늘 술에 절어 있는 형부는 아버지보다 더 미웠다. 언니네 집을 나왔다. 내 작은 몸 하나 뉠 곳이 없어 친구네 집을 전전했다. 도시 생활은 참으로 녹록지 않았다.

직장생활을 하며 악착같이 돈을 모으기 시작했다. 칠 년 정도 지나니 작은 아파트 등기권리증이 내 손에 쥐어졌다. 드디어 편안한 보금자리를 갖게 되었다. 거래처의 한 남자를 만나 결혼도 했다. 두 아이를 낳아 키우며 치열하게 살았다. 아이들은 자라 점점 내 손이 필요치 않게 되어 혼자 있는 시간이 많아지면서 공허함이 몰려왔다.

'나는 무엇을 꿈꾸어 왔던가.'

정체성 없이, 다람쥐 쳇바퀴 돌 듯 반복되는 일상이 나를 무료하게 했다. 이래서는 안 되겠다 싶어 뭔가 할 일을 찾아보았다.

여성회관을 방문하여 여러 프로그램을 살펴보고, 성향에 잘 맞을 만한 재봉과 퀼트를 배우게 됐다. 조각조각 삶의 편린들을 바느질하며 나를 정리해 본다. 크고 작은 작품들이 완성되는 재미를 느낀다. 배우는 동안 사람들과 친분을 쌓으면서 '여성의용소방대'란 봉사단체에도 가입했다. 봉사활동을 하면서 그동안 내 어려움만 보고, 아파했던 사실이 비로소 보이기 시작했다.

'세상에는 나보다 더 힘들고 아픈 사람들이 많구나.'

나의 자그마한 활동들이 삶에 보람과 힘이 되고 있다. 세상 보는 시야가 조금씩 넓어진다. 봉사단체와 관련되어 응급처치법 강사 자격증을 땄다. 가끔 지역행사나 심폐소생술 교육이 있으면 보조 강사로 사람들에게 배운 것을 나누어 주기도 한다.

인연은 또 다른 인연을 부르는 것인지. 몇 년 전부터 나는 색다른 인연을 만났다. 아주 우연한 기회에 글쓰기 공부를 같이하자는 제의를 받았다. 전혀 생각해보지 않는 세계라서 망설였지만 정겨운 사람과의 만남에 의미를 두기로 했다. 좋은 글을 함께 읽고 공감한다. 어설프게나마 내 인생의 경험담을 글로 풀어내 보기도 한다.

바느질하듯 한 땀 한 땀 내 안의 나를 찾아가고 있다. 조금씩 당당해져 가고 있는 나를 발견한다. 스러져 있던 꿈이 슬몃슬몃 다시 깨어나는 소리를 듣는다.

행운의 꽃

추석 연휴에 혼자 계신 엄마를 뵈러 친정에 간 날이다. 오후에 엄마와 산책을 나섰다. 후둣한 바람이 불어오는 가을 들녘은 사람 마음을 참 따뜻하게 한다. 한참을 걷다가 둑 가장자리 작은 텃밭에 핀 무수 감자꽃을 만났다. 오랜만에 다시 보니 반갑다. 무수감자는 고구마를 일컫는 충청남도 사투리다. 왜 그렇게 불렀는지는 잘 모르지만, 고향에 살 때는 고구마보다 감자란 이름이 더 익숙했다.

고구마는 본디 메꽃과의 식물로 중 · 남아메리카가 원산지다. 열매는 공 모양의 삭과로 2~4개의 흑갈색 종자가 여문다는데 본 적은 없다. 고구마는 씨로 번식시킬 수도 있으나 교배목적이 아닌 재배는 종자를 쓰지 않는다. 아열대, 열대지방에서는 일 년 내내 시들지 않으므로 적당한 시기에 줄기를 잘라 번식을 한다. 우리나라에서는 씨고구마를 심어 순으로 번식을 시킨다. 요즘은 우리나라도 점점 열대기후로 변해가고 있다.

동네 어른들이 둑 옆의 작은 공터를 정성 들여 일구었다. 밭 한

평 없는 엄마도 그곳에 고구마, 들깨, 콩 등을 골고루 심어놓았다. 극심한 가뭄에 메마른 땅은 푸석푸석 흙먼지만 인다. 농부의 마음을 아는지 모르는지 무심한 하늘은 햇볕만 쨍쨍하다. 동네 아저씨는 곡식을 하나라도 더 거두어들이고 싶은 마음에 경운기로 물을 실어다 준다. 그것마저도 여의치 않은 엄마는 자전거에 물병을 실어 나른다. 정성 들여 물을 주건만 여전히 땅은 숨을 쉬기가 힘들다. 고구마는 그 메마른 땅을 견디다 못해 꽃을 피웠다. 종족 번식의 위기를 느꼈나 보다.

엄마는 꽃을 보더니 대뜸 고구마꽃이 피면 나라에 안 좋은 일이 있다고 한다. 나라 정세가 불안하고, 지진도 일어나고, 극심한 가뭄도 언제까지 가려나 걱정을 하신다.

엄마의 말씀을 듣다가 문득 1979년 10월의 기억을 떠올렸다. 그해도 고구마꽃이 피었다. 그 당시에도 같은 말을 들었던 것 같다. 밭에서 고구마를 캐고 있는데 갑자기 사이렌 소리가 온 동네에 울려 퍼졌다. 어른들은 대통령이 서거했다며 난리다. 나는 '서거'라는 말이 무슨 뜻인지 몰랐다. 영문도 모른 채 작은 확성기에서 묵념하라는 소리가 흘러나왔다. 잠시 정적이 흘렀다. 묵념이 끝나고 동네 어르신들 몇몇이 삼삼오오 모여 소곤거린다.

"고구마꽃이 피면 나라에 큰일이 생긴대."

이야기가 꼬리의 꼬리를 물고 소문이 무성하게 일었다. 그때의 대통령은 우리 동네에서는 국민을 먹고살게 해주는 훌륭한 분이었다. 사람들은 큰 별이 졌다고 내 일같이 슬픔을 같이 했다. 나도 그렇게 알고 자랐다. 나이가 들어서야 그 모든 것이 다 사실은 아니라는 것을 알게 되었다.

고구마는 구황작물이다. 먹고살기 힘든 시절에는 끼니를 때우는 식량이었다. 그런 고구마꽃이 어찌하여 불운의 징조가 되었을까. 나약한 인간인지라 자연에게 화살을 돌리는 것인가. 여리디여린 그 꽃은 아이러니하게도 꽃말이 '행운'이란다. 보기 어려운 꽃이라 그런지 백 년에 한 번 필까 말까 할 정도란다. 한데 근래에는 심심치 않게 보인다. 이상기후 탓일지도 모르지만, 행운을 믿고 싶다. 꽃말처럼 행운이 가득해 우리들의 삶이 넉넉했으면 좋겠다. 살기 좋은 나라, 행복한 나라로 한발 다가서기를 고대해 본다.

수호천사

119구급차가 급박하게 달리고 있다. 응급처치법을 배우기 시작하고부터 구급차가 남다르게 느껴진다.

얼마 전 응급처치법 강사 자격증을 따고 처음으로 사람들 앞에 섰다. 자격증에 잉크도 마르지 않은 완전 초보다. 두근두근 가슴이 떨려 교육생들이 눈에 들어오지 않는다. 앞이 캄캄하다. 대상자는 관내 중고등학교 선생님들이다. 나는 늘 학부모 입장이었지, 선생님들 앞에서 교육을 하리라는 것은 상상도 못 했다.

'잘할 수 있을까.'

자꾸 걱정이 몰려온다. 그들 앞에 서니 더 긴장되었다. 인사를 하고 떨리는 소리로 심폐소생술 하는 방법을 설명하기 시작했다.

"환자를 발견하면 먼저 주변을 확인하고 안전을 확보한 다음, 어깨를 가볍게 두드려서 의식 확인을 합니다. 그리고 한 사람을 지목해서 119에 신고를 부탁해야 합니다. 그 다음 자동심장충격기도 가져다주세요. 라고 말해주시고, 곧바로 가슴압박을 합니다. 압박 위치는….”

내 목소리가 그들에게로 날아가기도 전에 흩어진다. 목소리의 떨림이 내 귓가에도 울린다. 긴장한 목소리가 고스란히 전해졌으리라 생각하니 얼굴이 화끈거렸다. 길고 긴 한 시간이 지나갔다. 주 강사님의 재치 있는 말로 자연스럽게 내가 설명을 한 것에 덧붙여 강의는 마쳤지만, 그들은 이미 눈치를 챘을 것 같다. 강의를 처음 한다는 것을…. 초보 강사의 실수에도 그들은 아낌없이 격려해줬다.

응급처치법 강사 자격증을 따게 된 것은 여성의용소방대의 운영 활성화 발전방안의 일환으로 대원에게 주어진 혜택이다. 119 수호천사 심폐소생술 강사 양성을 하여 좀 더 많은 사람에게 교육하기 위해서다. 게다가 나는 늘 응급상황을 염려해야 하는 딸아이 때문에 꼭 필요한 교육이었다. 일반과정 12시간, 전문 과정 30시간, 강사과정 40시간의 교육 이수 후 시험을 통과하면 자격이 주어진다. 일반인을 위한 주말반 강좌도 있다.

아침 일찍 딸아이를 등교시키고 가로숫길 옆에 있는 적십자사 교육장으로 향했다. 열일곱 명이 배우는 2주간의 일정이다. 어찌 보면 짧은 기간이라 하겠지만 가정주부인 나에겐 결코 쉽지 않은 도전이다.

교육 일정이 끝날 무렵 평가가 있었다. 지필시험을 얼마 만에 보는 것인가. 별거 아니라고 생각했지만 그래도 시험인지라 떨렸다.

60점이면 통과한다는데 떨어지면 어떻게 하나 긴장이 되었다. 얼마 후 결과 발표 시간, 다행히도 통과했다.

다음은 실기평가다. 강단에 서서 응급처치하는 방법을 설명해야 한다. 평가자 앞에 서니 가슴은 쿵쿵쿵 방망이질을 해대고 무슨 말부터 해야 할지 생각이 나질 않는다. 잠시 머뭇거렸다. 마음을 가다듬고 떨리는 목소리로 기억을 더듬어 설명하기 시작했다. 연달아 실수했지만 그래도 무사히 마쳤다. 드디어 합격이다. 기쁨을 감출 수가 없다. 한편으로는 수고로웠던 2주간의 여정을 잘 마친 내가 대견하다는 생각이 들었다. 드디어 나에게도 자격증이 생긴 것이다.

며칠 후, 나를 가르쳐준 강사님이 우리 집 옆에 있는 중학교로 강의하러 온다고 한다. 그때 와서 보고 듣는 것도 공부니 오라고 한다. 설레는 마음으로 찾아갔다. 인사만 드리고 오려는데 선생님께서 갑자기 1시간만 맡아서 해보란다. 얼떨결에 나의 첫 강의가 시작된 것이다. 준비도 안 된 상태에서 갑자기 하는 것이라 더 떨렸다. 선생님은 내게 남들 앞에 자꾸 서 봐야 한다며 잘했다고 하신다. 미흡한 부분이 많았을 텐데도 아낌없이 격려해 주는 강사님이 고마웠다.

긴급 신고 시 도착시간까지 평균 11분이 넘는다고 한다. 긴급자동차가 출동해도 운전자들이 길 터주기를 잘해주지 않아 지체되는 경우가 많다는 것이다. 심정지 환자가 발생하면 4분이 골든타임이다. 구급차가 오기까지 기다리다 보면 뇌사가 진행돼 시간이 흐를 수록 환자를 살리기가 어렵다. 그래서 요즘은 심폐소생술의 중요성을 강조하며, 사람들에게 알리고, 교육도 많이 이루어지고 있다.

나는 119 수호천사 2기 교육생으로서, 생명의 소중함을 일깨워 주며 사람을 살리는 데 도움을 주는 멋진 수호천사가 되고 싶다.

출구

계단으로 나가려고 문 앞에 섰다. '미세요'라는 문구가 눈에 들어온다. 손잡이를 돌려 힘껏 밀었지만, 문은 꿈쩍도 않는다. 빗장을 단단히 걸어놓은 모양이다. 몇 번을 더 시도해 보다 포기하고 돌아서 엘리베이터를 이용했다.

이곳은 딸아이가 심장 수술을 한 병원이다. 부정맥까지 있어 검사 차 1박 2일의 일정으로 입원을 했다. 2년 간격으로 입원을 하여 주기적으로 검사를 하며 경과를 지켜보는 중이다.

언제부터인가 병원에도 변화의 바람이 불고 있다. 병동 전체가 간호·간병통합서비스 체제로 바뀌었다. 전에 왔을 때도 시행을 하긴 했지만, 지금이 더 철저하게 관리하는 듯하다.

입원 수속을 할 때 보호자는 같이 있을 수 없다고 한다. 딸애는 발달장애가 있고, 낯선 장소에서는 나와 분리되는 것에 불안해한다. 담당자에게 아이가 혼자 있으려 하질 않기 때문에 나와 같이 있어야만 입원을 할 수가 있다고 했다. 그는 호실 담당 간호사실로 가보란다. 한달음에 3층까지 올라갔다. 사정 이야기를 들더니 흔쾌히 허락해준다. 다행히 예외는 있는 모양이다.

오늘 묵게 될 병실은 6인실이다. 병실의 환자 대부분이 노인들이다. "에고고" 신음소리가 난무하다. 스스로 할 수 있는 일도 간호조무사를 연신 불러 대는 할머니가 있는가 하면 조곤조곤 부탁하는 분, 조용히 버튼을 누르는 분 등 다양한 사람이 한 공간에 머무르고 있다.

아이는 오자마자 각종 검사와 24시간 활동 심전도 기계를 달고 일정을 잘 소화했다. 신통했다. 그리곤 피곤했는지 일찍 잠이 들었다. 나는 금방 잠이 들것 같지 않아서 글이라도 읽으며 시간을 보낼까 해서 책을 들고 복도로 나왔다. 책을 읽을 만한 자리가 없다. 소파는 어르신들이 이미 차지하고 TV 볼륨을 양껏 올려놓은 채 보고 있다.

계단 쪽으로 향했다. 문득 잘 열리지 않았던 문이 생각났다. 문 쪽을 유심히 살펴보았다. 문 옆 왼쪽 벽에 'EXIT'라는 작은 글씨가 쓰여 있다. 비상구다. 그 밑으로 조그마한 하얀 누름단추가 보인다. 알고 보니 그것을 누르고 밀어야 문이 열리는 것이었다. 밖에서 들어올 때도 출입증 카드가 있어야 병동에 들어설 수가 있는 시스템이다.

'화재가 나면 어떡하지.'

순간 궁금했다. 소방대와 관련한 단체에서 활동하다 보니 관심이 깊어 옆에 있는 간호사에게 물었다. 감염병 예방 차원에서 출입을 통제한다고 했다. 만약 화재가 나면 어떻게 하냐고 재차 물었다. 간호사들이 다 안내한단다. 거동을 못 하는 환자들이 대부분인 병동에서 경황이 없는 비상시에 그것이 가능할까. 이해는 안 됐지만 단호한 그녀의 눈빛 때문에 더 이상 질문은 하지 않았다. 어차피 밖에서는 허락 없이 들어올 수 없으니 유명무실한 문이 아닌가. 비상사태 시에는 누구라도 쉽게 나갈 수 있도록 해 놓으면 좋지 않을까 하는 생각이 들었다.

읽던 책을 덮고 보호자 간이침대에 누웠다. 잠은 오지 않고 'EXIT' 글자가 자꾸 눈앞에서 아른거린다.

'출구, 출구.'

문득 내 출구는 어디일까 머리가 복잡해진다. 나는 무엇을 향해 달려왔던가. 정신없이 살다 보니 건강은 나빠지고, 숨이 턱에 찬다. 과연 나는 옳게 살고 있는 것인가. 언제쯤 한가로운 쉼을 가져 볼 수 있을까. 곰곰이 생각하다 옆에서 곤히 자고 있는 딸애를 바라본다. 깊이 잠든 딸아이 얼굴이 티 없이 맑고 편안해 보인다. 딸은 나를 늘 웃게 만든다. 내가 움직일 수 있는 힘의 원천이다.

지금이 행복하다

"아이구."

입에서 절로 새어 나오는 소리다. 지난해 친정엄마를 만나 점심을 먹으러 식당에 갔을 때였다. 자리에 앉으면서 나도 모르게 앓는 소리를 했다. 엄마는 "젊은 것이 벌써부터 그러면 어떻게 하냐?"라며 걱정을 한다. 육 남매 낳아 기르느라 허리가 휜 여든한 살 엄마 앞에서 그랬으니 민망한 일이다. 엄마와 마주 앉아 지난 얘기를 하다 문득 첫아이 낳던 때가 떠올랐다.

23년 전의 일이다. 첫아이를 낳았다. 막달에 곧 내 아이를 만날 것이라는 설렘과 여러 감정이 뒤섞여 기분이 묘했다. 뭐라 설명할 수 없는 이상한 감정이다. 건강하게 아이를 낳을 수 있을까에 대한 걱정도 한몫했을 것이다. 엄마가 된다는 것이 이런 마음인가 싶다.

출산이 가까워지자 건강한 자연분만을 위하여 매일 아침 운동을 했다. 남편이 출근하고 난 뒤 한 시간가량 아파트 주변 산책로를 따라 걸었다. 그런데 아이는 천하태평이다. 출산일이 다 되어 가는데도 세상에 나올 생각이 없어 보였다. 그대로 있으면 아이에게도 좋지 않다며 병원에서는 자궁으로 내려오도록 하는 운동 방법을 알려준다. 매일 그 자세를 취하며 운동을 거르지 않았다. 그래도 부족한지 출산 예정일이 다가와도 아이는 여전히 그대로다.

옆 동네에 사는 동생에게 그 이야기를 했더니 걱정하지 말고 병원에서 하라는 대로 하란다. 출산 선배답게 여유롭다. 동생은 첫애 출산 당시 분만실에서 11시간이나 진통을 겪었지만 결국 자궁이 열리지 않아 수술해야만 했다. 분만의 고통에 진저리를 치는 동생은 병원에서 자연분만이 힘들다고 수술을 권하면 따르란다. 자신처럼 고생은 고생대로 하면서 결국 수술하면 더 힘들다는 것이다. 가끔은 의사가 병원 재정을 생각해서 겁먹은 임산부에게 우선 수술을 권하는 경우가 있기도 하지만, 병원에서는 의사가 왕이다.

출산 전 마지막 정밀검진을 한 의사는 자연분만은 어렵겠다고 수술 날짜를 잡고 가라고 한다. 자궁은 열리지 않고 아이도 내려오질 않아 힘들다는 것이다. 고민 끝에 나는 권유대로 날짜를 잡았다. 그러고 나니 마음이 다소 안정되었다. 연둣빛 여린 이파리를 내밀던 나무들이 어느새 초록 물이 깊어가고 있다. 6월의 산야가 온통 초록으로 희망차다.

출산 당일 아침, 이슬이 비치고 가진통이 오기 시작했다. 서둘러 병원으로 갔다. 낯선 분만 대기실 침대에 누워 기다리는데 남편은 나보다 더 긴장했는지 나가버렸다. 그사이 나는 수술실로 실려 들어갔다. 곧바로 전신마취를 시작한다는 소리가 희미하게 들리더니 이내 정신이 몽롱해진다. 얼마나 지났을까. 깨어보니 3.5kg의 건강한 아들을 낳았다고 한다. 무엇보다 산전 검사 때 아이가 건강하지 않을 수도 있다고 했는데 무탈해서 너무나 기뻤다.

엄마는 내가 퇴원하자 "왜 하필 가장 바쁜 농사철에 애를 낳느냐?"라고 마음에도 없는 소리를 하면서도 한달음에 달려오셨다. 바빠서 시간을 도저히 낼 수 없다고 하더니 일주일 정도는 있을 수 있다고 한다. 그런데 집에 온 날부터 어디 앉기만 하면 고꾸라지듯 쓰러져 주무시기만 한다. 그동안 쉬질 못해서 몸살이 나셨다.

엄마가 내려가고 얼마 후 바로 아래 여동생도 나와 16일 차이로 둘째를 출산했다. 동생은 아이를 낳기 전, 둘째는 우리 집에 와서 몸을 풀고 싶다고 했었다. 동생은 1월에 큰애를 낳고 시어머니가 산후조리를 해주었는데, 근검절약이 몸에 밴 시어머니 때문에 너무 추워 힘들었다고 한다. 안쓰러운 마음에 별 고민 없이 그러라고 했다.

그런데 아이를 낳고 진짜로 왔다. 내가 산후조리를 받아야 하는 입장인데 오히려 동생을 보살펴주게 되었다. 동생 치다꺼리를 하며 나는 둘째 때 제대로 몸조리하면 되겠지 생각했다. 그런데 그것은 큰 착각이었다. 그 후 2년 터울로 둘째를 출산했는데 아이는 태어나자마자 황달이 오고 심장병으로 산후조리는커녕 아이 살리는 일에 급급했다.

엄마는 가끔 내 산후조리를 하러 왔을 때 이야기를 한다. 우리 집에 오자마자 호되게 앓으셨다. 감기몸살로 당신의 몸도 가누지 못했다. 일주일 동안 앓느라 산후조리를 못 해준 것이 늘 미안하다고 하신다. 돌이켜 생각해보면 엄마에게도 쉼이 필요했고, 그때 처음으로 쉴 수 있는 시간이 주어진 것이 아니었나 싶다.

나는 지금까지 엄마의 앓는 소리를 들은 적이 없었다. 아프지 않아서가 아니다. 자식들이 걱정할까 봐 아픔을 감추신 것일 거다. 그런 엄마 앞에서 나는 앓는 소리를 했다.

번데기 앞에서 주름을 잡는 딸을 보며, 엄마는 지금이 가장 행복하다고 한다. 그런 엄마가 있어 지금 나도 행복하다.

난쟁이 똥자루의 도전

진천에서 열릴 제59회 충청북도 도민 체육대회가 무산됐다. 코로나19로 크고 작은 행사들이 줄줄이 취소되었다. 체육에 특별히 관심이 있던 것도 아닌데 내심 아쉽고 서운한 마음이 든다. 내게 특별한 경험의 기억 때문에 그랬을 것이다.

햇살이 환한 미소를 지으며 거실로 들어온다. 덥다 덥다 했던 것이 불과 며칠이 안 지난 것 같은데 그 햇살이 반갑다. 슬며시 갈바람까지 스쳐 지나가니 마음마저 시원하다. 오래간만에 느긋한 마음으로 달콤한 커피 한잔을 들고 소파에 앉았다. 불현듯 진천에서 도민체전이 열리던 그때가 떠오른다.

2007년 '제46회 충북 도민체육대회'가 진천에서 단독으로 열린 건 정군 이래 처음이라 했다. 도민체전이든 전국체전이든 개막행사는 거창하고, 피켓 걸을 선두로 선수들 입장이 장관을 이룬다. 보무도 당당한 선수들 앞에서 시군 피켓을 들고 그들을 선도하는 이는 하나같이 아름답고 늘씬한 아가씨들이 도맡아 왔다. 그 일을 내가 했다. 상상해 본 일도 없지만 나는 당당한 피켓 걸이었다.

개막식 날이다. 간밤에 잠을 설치고 아침 일찍 미용실로 향했다. 머리를 올리고 곱게 화장도 했다. 그리곤 종합운동장 인근 한 식당으로 갔다. 우리 일행은 식사를 하는 둥 마는 둥 서둘러 마치고 옷 입을 준비를 했다. 마음씨 좋은 사장님은 옷을 갈아입을 수 있도록 선뜻 장소를 빌려주셨다. 와인빛 저고리에 미색 치마를 곱게 차려 입으면서도 우린 이 일을 하는 것이 여전히 믿기지 않았다. 상기된 얼굴로 서로 옷매무새를 봐주며 까르르 깔깔 야단법석을 떨었다. 드디어 준비를 마쳤다.

가을무처럼 불룩한 몸매에 한국 여인의 보통 키에도 미치지 못하는 작달막한 키 152cm, 나의 자화상이다. 살펴보면 눈 코 입 어디 하나 빠진 구석은 없지만 내놓고 자랑할 만한 얼굴도, 몸매도 아니다. 더군다나 남들 앞에 서서 인사를 하려면 부들부들 떨려서 말 한마디 제대로 하지 못하는 소심한 주부였다. 그런 내가 피켓을 들고 많은 사람 앞에서 당당하게 걸었다.

우리 열아홉 명의 피켓 걸은 들쭉날쭉한 키와 풍만한 체형의 4, 50대 아줌마로 구성되어 있다. 이런 무대에 서본 일이 전혀 없는 이례적인 일이다. 떨리는 마음을 차근차근 다잡고 때를 기다렸다.

그런데 이게 웬일인가. 아침부터 야심 차게 개막식 입장 준비를 했건만 야속하게도 비가 내렸다. 정성 들여 손질한 머리와 화장이 엉망이 되는 것은 아닐까 걱정이 되었다. 비옷을 입네, 안 입네 하며 혼선을 빚었지만 우리는 그냥 폼나게 피켓을 들기로 했다.

'비를 맞은들 어떠랴. 생전에 처음이자 마지막이 될 피켓 걸, 이 모습을 비옷으로 가릴 순 없지.'

입장 준비를 하고 걸어야 할 운동장을 보니 가슴이 콩닥콩닥 요동을 친다. 자꾸 주위의 시선이 신경 쓰여 눈을 똑바로 들 수가 없다. 누군가 '에이 뭐야 아줌마들이잖아. 난쟁이 똥자루만 하네' 수군대는 것만 같아 더 긴장되었다. 사실 피켓 걸로서는 난쟁이 똥자루 맞다.

드디어 입장할 시간이다. 나에겐 증평군의 피켓을 줬다. 천천히 걸으며 실수하지 않으려 집중을 하다 보니 사람들이 얼마나 많은지, 반응은 어떤지 관람객이 있는 쪽을 바라볼 여유가 없었다. 어쩌면 용기가 없었다는 말이 더 맞을지도 모른다. 개회식이 끝나갈 때쯤 돼서야 두근거리던 마음이 겨우 잦아들었다.

그렇게 개회식과 폐회식에서 피켓을 들었던 일은 실수 없이 마무리되었다. 폐회식이 끝나고 증평군 선수단 일행이 같이 기념촬영을 하자고 한다. 생각보다 성적이 잘 나왔다며 수고했다는 인사도 건네온다. 그래도 내가 피켓을 들었던 지역에서 괜찮은 성적을 냈다고 하니 내 일처럼 기뻤다.

그 당시 나는 안내 봉사도 함께 했는데 생각보다 자원봉사 평이 훨씬 좋았다는 이야기를 전해 들었다. 각 시군에서 참석한 이들로부터 자원봉사자들이 잘했다는 소문이 자자했다고 한다. 사실 그때 자원봉사자 모두는 비를 철철 맞아가며 내 일 같이 자발적으로 나섰다. 기분이 좋아진 군수님은 행사가 끝난 후 폐막식장에 자원봉사자를 초대하라는 지시를 내렸다고 한다. 예정에 없던 일이다. 폐막식장은 300여 명의 자원봉사자 판이었다. 후에 들은 이야기지만 기관사회 단체장 150여 명으로 예정되었던 곳에 느닷없이 자원봉사자가 초대된 것이다. 당황한 담당자와 식사 준비를 한 곳에서는 혼비백산했다 한다. 진천에서의 충북 도민체전 개최는 자원봉사자로서 자긍심을 갖게 한 계기로 추억의 한 갈피에 간직되어 있다.

인생을 아름답게 만드는 것 중 하나가 도전이다. 나이가 들고 볼품이 없어도 못 할 일은 없다. 세월이 한참 흐른 후 나는 어떤 사람으로 늙어 있을까. 잘 익어가는 장처럼 사람 내 풍기는 그런 사람으로 기억되었으면 좋겠다. 추억 한 자락 펼쳐놓고 마시는 믹스커피가 오늘따라 달근달근 맛나다.

2

시간 도둑

여름, 어느 날

문득 빗소리에 잠이 깼다. 후드득후드득 오늘따라 새벽의 빗소리가 다정다감하다. 박자를 맞추어 저마다 리듬을 타는 것 같다. 한참을 듣다가 깜빡 잠이 들었다 깼다. 아이들을 바삐 깨워 등교시킨 후 커피 한 잔의 여유를 즐기고 있다.

비가 내려 땅이 촉촉하다. 농민들의 간절한 바람이 하늘에 닿아 내려주는 선물이다. 올해처럼 비를 간절히 기다린 해도 드물 것이다. 전에는 장마철의 눅눅함이 싫어 짜증스러웠다. 올해는 마른장마가 지속되다 내려서인지 그저 고마울 뿐이다.

가뭄에 허덕이는 농촌 들녘이 웃고 있을 것 같아 한껏 기분이 좋아진 터라 아침 일찍 엄마에게 전화를 걸었다. “엄마 그곳에도 비가 와?” 하니 개갈 안 난다는 듯 엄마의 헛웃음 소리가 전화선을 타고 전해진다. 이번에는 꼭 비가 와야 해갈이 될 텐데 “몸지 걷힐 만큼 왔다”라며 걱정을 하셨다. 먼지잼으로 그친 마른하늘이 야속한 것이다. 땅에 푹 스며들 만큼 왔으면 정말 좋겠다고 하신다.

비는 그날 기분에 따라 느낌이 다르다. 내리는 것만 봐도 어떤 날은 소녀가 된 것 같고, 어떤 날은 멋진 시인이 된 듯 비의 예찬론을 펼치기도 한다. 우수에 젖은 눈으로 사색을 하기도 한다. 또 어떤 날은 축축함이 싫고 짜증만 가득하다. 비는 이렇게 시시때때로 사람의 마음을 변하게 만든다.

촉촉하게 내리는 비는 땅의 표면을 여인네 속살처럼 부드럽게 해주고, 내 마음의 깊은 속까지 어루만져 준다. 시원한 소낙비는 마음의 묵은 때를 씻어준다. 가랑비에 옷 젖듯 차곡차곡 쌓였던 삶의 무게와 마음의 짐도 함께 씻어 내려주는 것 같아 한결 가볍다. 이 비가 지나가면 들녘과 산들은 생기를 되찾아 한껏 진초록의 향연을 펼칠 것이다. 작열하는 태양과 바람과 구름이 적절하게 뒤섞어 어루만져 주면 들녘의 곡식들은 튼실하게 여물어 갈 것이다.

환경오염은 생태계의 파괴와 동시에 지구온난화로 물난리 또는 극심한 가뭄 등 자연재해를 일으킨다. 세계 여러 나라가 몸살을 앓고 있다. 극심한 가뭄을 겪고 있는 태국의 소식을 듣고 그곳도 우리와 사정이 다르지 않구나 싶었다. 우리나라와 달리 중국은 쓰촨성의 홍수 피해로 인해 수많은 이재민이 발생해 주민들이 고통을 받고 있다는 뉴스를 들었다. 재해가 발생할 때마다 나오는 이야기는 인재다. 몇 년 전의 일이지만 우면산 산사태가 생생하다. 주변 일대의 개발과 산림 파괴가 원인이었던 인재로 기억된다.

이런 일이 발생하지 않기 위해서는 자연환경과 공존하며 조화롭게 살아야 한다. 자연은 스스로 치유 능력이 있다고는 하지만, 순리대로 굴러가는 것이 아니라 인위적으로 바뀌면 언젠가는 반드시 탈이 날 것이다. 인간으로부터 비롯된 환경오염 탓에 홍수와 가뭄이 자주 찾아오고 있는 것 같아 걱정이다.

더욱 세차게 굵어진 빗방울을 바라보며 간절히 빈다. 더도 말고 덜도 말고 알맞게 내려달라고 여름, 어느 날에.

시간 도둑

저녁나절 동네에 있는 마트에 들렀다. 좌대에 가지런하게 진열된 채소들이 눈에 들어온다. 이리저리 둘러보다 감자볶음이나 해 먹을까 싶어 감자가 있는 쪽으로 다가갔다. 실한 감자가 목 좋은 자리에 들어앉아 있다. 감자만 보면 엄마가 생각난다.

가뭄으로 온 나라가 힘들어하던 때다. 달라는 비는 안 주고 메마른 하늘에서 따가운 눈총만 쏘아댄다. 손바닥만 한 밭뙈기를 붙들고 전전긍긍할 엄마가 눈에 어룽거린다. 유달리 친정 동네는 가뭄이 더 심하다. 식수도 모자라 부분적으로 단수를 한다는 이야기가 전해진다. 엄마의 굽어진 허리가 더 휘어질 것 같아 가슴이 타들어 간다.

엄마는 부여에서 보령의 작은 마을로 시집와 굴곡진 삶을 살아내셨다. 가진 것 없는 집안의 5남매 중 넷째인 아버지를 중매로 만나 결혼하였다. 시집을 와보니 시할머니 할아버지, 시부모님을 모셔야 하는 형편이었다.

그날로 층층시하 시집살이가 시작되었다. 어른들의 대소변을 받아내는 일은 물론이고, 칼바람 같았던 매서운 시집살이도 초롱초롱한 자식들 눈망울을 보니 참아지더란다.

엄마는 자식들만큼은 배곯지 않게 하려고 새벽부터 늦은 밤까지 똥지게며, 품팔이, 온갖 바깥일을 마다하지 않고 하루하루를 정신없이 살았다. 꿈도 많았을 어린 나이에 시집와 육 남매를 낳고 기르느라, 허리 한 번 못 펴고, 하늘 쳐다볼 시간도 없으셨다. 150cm가 채 안 되는 작은 키에 뱃가죽이 등에 붙을 것 같은 깡마른 몸으로, 고비고비 어려움을 넘기고 당차게 집안 살림을 꾸려나가셨다.

1992년, 살던 마을을 떠나 이웃 바닷가 마을로 이주해 살고 있다. 자식들 모두 중년의 문턱을 넘어서고 있어, 이제는 시름을 놓을 만도 한데 아직도 자식들 입에 콩 한 쪽이라도 넣어 주려고 부지런히 몸을 놀린다. 밭 한 평 없는 엄마는 걸어서 2~30분은 족히 걸리는 강변 두둑 한편에 밭을 일구었다. 그곳이 엄마의 유일한 삶터다.

가뭄에 고군분투할 엄마가 걱정되어 전화를 걸었다. 엄마는 뜬금없이 "그놈의 자전거가 말썽이여." 하며 걱정이다. 전날 고장이 났지만, 같이 사는 작은오빠가 바빠서 차마 말을 못 했다고 하신다. 고쳐 달라는 신호다. 두 번이나 등을 다쳐 허리까지 굽은 엄마에게 세발자전거는 발이요, 밭을 오가며 짐을 나를 수 있는 유일한

자가용이다.

다음날 진천에서 대천까지 한달음에 달려갔다. 애타는 엄마의 마음을 알기 때문이다. 자전거를 살펴보니 바퀴의 고무가 낡아 바람이 빠진 상태다. 얼른 자전거포에 가서 수리를 해 드렸다. 고장 난 지 삼일 만이다.

자전거를 고쳐오자마자 엄마는 밭으로 향했다. 그런데 이게 무슨 일이란 말인가. 누군가 밭을 갈아엎은 듯 다 헤집어 놓았다. 땅속에 있어야 할 감자가 없다. 하룻밤 사이에 감쪽같이 사라진 것이다. 청천벽력 같은 일이 눈앞에 펼쳐졌다.

엄마는 올해도 강변 밭에 감자와 마늘을 심었다. 이슬 한 방울 떨어지지 않는 건조함에 곡식들은 배배 꼬여가고, 엄마의 마음도 함께 타들어 갔다. 아침저녁으로 허드렛물을 모았다가 세발자전거에 실어 날라 목을 축여주며 살뜰히 길렀다. 곡식에게는 엄마의 사랑이 생명수였다.

그렇게 목마름을 견뎌내고 나니 작은 결실이 생겼다. 마늘을 먼저 수확했다. 이글거리는 태양을 등에 업고 일하는 모습을 보고 지나가던 낚시꾼이 도와주더란다. 그 사람에게 마늘 한 묶음을 내어주며 흐뭇하게 수확을 마치고 난 뒤, 자전거가 힘에 겨웠던지 고장이 났다. 다음날 감자를 캐려 했던 계획에 차질이 생겼다.

자전거가 고장 난 다음 날, 땀을 뻘뻘 흘리며 겨우 걸어가서 확인했을 때까지만 해도 감자밭은 멀쩡했단다. 그런데 하루 사이에 감쪽같이 감자들이 사라진 것이다. 옆 밭도 같이 털렸다. 매일 물을 날라다 주며 자식같이 키운 것인데…. 그 허망함을 어찌 말로 다 할 수 있었을까.

감자는 엄마에게 그저 단순한 감자가 아니다. 삶이고 낙이다. 뙤약볕 마다치 않고 그리 열심히 감자밭을 드나드셨던 것은 자식들에게 수확물을 나누어 줄 수 있는 낙이 있기 때문이었다. 도둑은 자그마한 엄마의 낙, 그 삶의 한 토막을 송두리째 훔쳐 가고 만 것이다.

"그놈의 자전거가 고장만 안 났어도 캐왔을 텐데…."

하루에도 몇 번씩 오가며 공들여 키운 감자를 도둑놈의 한입에 털어 넣고 나니 허탈한 마음을 애꿎은 자전거 탓으로 돌린다.

도둑이 흘리고 간 풍신 난 감자라도 허투루 버릴 수가 없어 주워 왔다며 싸주려고 봉지를 펼친다. 작고 지질하다. 온전히 생긴 것이 하나도 없다. 엄마를 꼭 닮은 모양이다. 쭈글쭈글한 얼굴에 흐르는 미소마저 기울어진 엄마, 오늘따라 호미처럼 굽어진 체구가 더 작고 쇠잔해 보인다.

차마 그 감자를 가져올 수가 없었다. 당신 먹을 것도 없으면서 자식에게 그것마저 내놓으려는 엄마의 마음이 허공중에 허허롭게 매달려 있다.

여인의 길

엄마랑 저녁을 먹고 앉아서 이런저런 이야기를 하다가 놀랄만한 말을 들었다. 생전 처음 들어 보는, 내게는 충격 그 자체였다.

엄마는 1959년에 결혼을 하였다. 꽃다운 스무 살, 전쟁이 끝난 지 6년이 지났지만, 여전히 먹고살기 힘든 시기였다. 증조부의 바지런함으로 부유했던 집안이 할아버지에 의해 서서히 기울어가기 시작했다. 할아버지는 평생 일을 안 하고 사셨다. 젊어서부터 논밭을 팔아 외지에 나가서 생활하다가 돈이 떨어져야 들어오시곤 했다. 그 바람에 집안 살림이 궁핍할 수밖에 없었다 한다.

그 무렵 엄마는 아버지와 결혼을 하였다. 처음부터 그런 것은 아니었지만 아버지도 일을 안 해서 점점 형편이 더 어려워져 갔다. 그 와중에 첫아이가 태어났다.

한 생명이 태어나는 것은 엄청난 일이다. 한 사람이 태어남으로써 부모 자식이란 관계가 맺어지고 가족 구성원이 된다. 그 가족이 모여 마을을 형성하고, 나아가 한 사회, 한 나라를 이룬다. 아이를 낳고 엄마가 된다는 것은 그만큼 우주적인 일이다.

엄마가 첫아기 낳던 날이다. 1961년 5월, 엄마는 풍습대로 방에 깔아놓은 자리를 걷고, 한쪽에 짚을 깔아놓은 그 위에서 애를 낳았다. 아기와 연결된 태를 끊어 짚으로 돌돌 말아서 한옆에 놓아두고, 짚이 깔린 곳에서 사흘을 지낸 후 그것을 걷어다 태웠다 한다. 대대손손 액 없이 건강하게 생명을 이어가길 바라는 마음에서 그리했으리라. 아무리 그래도 제대로 갖춘 이부자리도 없이 아이를 낳는 것이 얼마나 불편했을까. 나도 그렇게 낳았다는 말에 가슴이 먹먹해져 온다. 잠깐 말을 잇지 못했다.

지금은 병원과 산후조리원에서 모든 관리를 다 해주는 편한 세상이다. 그래도 힘들다고들 하는데 그 당시 산후조리는 어디 가당키나 한 일이었겠는가. 사흘이 지나자마자 일을 하셨으니….

아픈 몸을 이끌고 악착같이 일을 해 우리 육 남매를 지극정성으로 키우신 엄마. 그렇게 정성을 다했음에도 우리를 많이 가르치질 못해 늘 미안해하셨다. 당시 엄마의 처지에서는 최선을 다했음을 알기에 더 자랑스럽고, 그런 분이 내 엄마라서 좋다.

'엄마'라는 말만 들어도 뭉클하고 아름답다. 올해 여든둘 되신 우리 엄마, 오십 중반인 딸과 마주 앉아 있으면 지난날의 추억을 많이 풀어내신다. 응어리진 아픔을 이렇게 풀어내시는 게다.

이제야 비로소 같은 여인으로서의 길을 가고 있는 동지애가 느껴지는 것인가. 엄마의 얼굴을 본다. 그 어느 때보다 편안해 보인다. 아이처럼 해맑게 웃는다. 덩달아 내 마음이 환해진다.

시집살이

엄마의 시집살이 이야기는 한 편의 소설이다. 엄마가 시집온 다음 날이다. 장에 갔다 거나하게 취해 돌아온 할아버지는 단단히 화가 나셨다 한다. 돌아오는 길목에 당신을 마중 나온 식구가 아무도 없었다고 욕부터 퍼부었다.

"은산년은(엄마) 은산으로 가고, 성골년은(할머니) 성골로 가거라"

하며 버럭 화를 내더니 등불을 지팡이로 냅다 때려 깨뜨려버렸다. 엄마는 무슨 일인가 했단다. 영문도 모르는 엄마에게 은산으로 가라고 온 동네가 떠나가도록 불호령이 떨어졌다. 엄마는 장에 갔다 돌아오는 시아버지를 마중해야 하는지, 가면 어디로 나가 기다려야 하는지 전혀 몰랐단다. 갓 시집와 이곳 지리를 익힐 시간이 없었는데 이게 웬 날벼락인가.

엄마는 아버지가 군 복무 중일 때 결혼을 했다. 아버지는 결혼식을 올리고 군대에 복귀하여 엄마 혼자 시어른들을 모셔야 하는 형편이었다. 그런 와중에 할아버지는 엄마에게 애비 없는 자식이라고 외할아버지가 안 계신 것을 걸고 넘어졌고, 예단을 적게 해 왔다는 이유로 시집살이를 더 혹독하게 시켰다 한다.

어렴풋한 내 기억인지 식구들에게 들은 것인지 아리송하지만 술을 좋아했던 할아버지는 놀부가 저리 가라면 서러울 정도로 심술에 강짜를 잘 놓으셨다. 손가락 까딱하지 않는 할아버지를 모시고 식구들 틈에서 먹고 살려면 엄마는 농사며 모든 집안일을 도맡아 해야 했다. 아침 일찍부터 온종일 일하며 가족을 살펴야 했기에 몸이 열이라도 모자랄 판이다.

배고픔을 잠시도 참지 못하는 할아버지의 배꼽시계가 종종 문제를 일으켰다. 당장 밥을 내놓으라면 즉시 대령해야 한다. 어느 날 엄마가 종일 일하고 녹초가 된 몸으로 들어와 때맞춰 바삐 밥을 짓고 있을 때였다. 밥이 거의 다 되어 갈 때쯤 할아버지는 밥솥에 재를 뿌렸다. 늦었다는 것이 이유다.

어느 해 음력 8월 14일, 다음날 추석에 쓸 방아를 찧어서 돌아오는 길이었다. 할아버지는 당신이 수제비를 먹고 싶다고 했는데 집에 있으면서 그것을 안 해줬다고 억지를 부렸다.

“니 것은 안 먹는다.”

하고는 밀가루를 마당에 쏟아붓고 쓱쓱 쓸고 계셨다. 방앗간에 방아를 찧어 오느라 그 말을 듣지 못했던 엄마는 황당했다. 말려도 기어이 하고야 마는 성미를 잘 알기에 엄마는 그냥 바라볼 수밖에 없었을 것이다.

하루는 당신을 꼭 빼닮은 아버지가 나무를 안 하고 마실을 갔다 온 것을 두고, 땔감이 있어서 하지 않는 거라며 짚 누리를 불사르고, 또 집까지 불사르겠다며 처마에 불을 붙이려는 것을 겨우 말린 일도 있다고 한다.

한번은 대 고모가 다니러 오셨는데 술 취한 할아버지를 피해 작은할아버지 집에 가 계신 것을 모셔 오라고 했다. 아버지가 가보았지만, 술 주정이 심하다는 것을 뻔히 알고 안 오시겠다고 해서 그냥 돌아오셨다. 그랬더니 왜 같이 안 왔냐고 화가 잔뜩 난 할아버지는 또 심술보가 터지셨다. 엄마 아버지가 주무시는 안방의 문짝을 떼어 당신의 방 자리 밑에 숨기고 계셨다. 그럴 것이라 상상도 못 한 부모님은 사방을 뒤지고 아무리 찾아도 보이지 않자 횃댓보를 걸고 달달 떨며 주무셨다고 한다. 그때가 정월달이었으니 말해 무엇 하겠는가.

또 한 번은 소죽을 안 쑤었다고 "여태 저녁을 못 먹었으니 부잣집에 가서 밥 얻어먹어라." 하며 소의 엉덩이를 냅다 때려서 내쫓았다. 그런 할아버지가 다른 일은 안 해도 김장배추밭의 김은 꼭 매주셨다고 한다. 배추를 관리하기 위함이 아니다. 제대로 자리 잡지 못하도록 하려는 것이었다. 그래서 할아버지 살아생전에 포기가 찬 배추를 먹어 본 적이 없었다고 한다. 할아버지가 돌아가시고 난 후 어느 날 둘째 할아버지가 엄마더러 "너네는 형님이 돌아가시니 포기 찬 배추를 먹는구나." 하셨단다. 밥솥이 날아가기도 여러 번이었단다. 할아버지가 살아계셨다면 그때 왜 그랬는지 꼭 물어 보고 싶다.

엄마는 할아버지가 그렇게 힘들게 했는데도 증조부모와 조부모 어른 네 분을 모시고, 때로는 대소변을 받아내기도 하며 정성껏 모셨다. 이것뿐이었겠는가. 아버지 또한 당신은 게으르면서 엄마에게는 생선 장사 등 온갖 장사를 시키셨다. 한 번은 아버지가 엄마와 의논 없이 옷을 떼어 와 무조건 팔아 오라며 밖으로 내보냈다. 등에 막내를 업고 어둑해질 때까지 다니셨다. 어떤 날은 옷값으로 보리 몇 말을 받았는데 길을 잘못 들어 더 깊은 산골로 들어갔다가 겨우 돌아오기도 했다. 징글징글하게 힘든 시간이었다고 한다.

엄마가 이 모든 것을 견딜 수 있었던 것은 우리가 있었기 때문이다. 자식들을 생각하니 한겨울 칼바람 같았던 매서운 시집살이도 참아지더란다.

철부지 우리는 엄마의 희생을 당연하게 받아들였다. 옛말에 자식은 부모의 등골을 빼먹고 산다는 말이 있다. 우리가 그랬다. 조금이나마 그 마음을 알 때가 되니 엄마의 몸엔 이미 검버섯이 피고 이곳저곳 고장이 나서 기름칠도 어려울 만큼 많이 망가졌다.

세월이 가고 좀 편안하게 대우받고 살만해졌는데 이제는 자식들 눈치를 보는 것 같다. 누가 뭐라는 자식이 없는데도 그러신다. 평생 그리 살아오신 내 엄마의 삶이 눈물겹다.

삼일 밥

경상도 남자와 충청도 여자가 결혼했다. 신혼여행 후 처음으로 시댁에 가던 날, 어머님은 푸짐하게 상을 차려놓고 우리를 기다리셨다. 어머니의 손맛과 정성이 가득한 음식이라 입맛이 당겼다.

온 가족이 모여 북적이다 보니 피곤함이 몰려왔다. 저녁을 먹고 이제야 쉬겠구나 싶었는데, 저녁 일곱 시쯤 막내 시누이가 나를 살짝 불러냈다. 결혼하면 시댁에 와서 삼 일째 되는 날 아침에 '삼일 밥'을 해야 한단다. 그러면서 시누이는 내일 아침을 준비하라고 한다. 우리가 이튿날이면, 신혼집이 있는 곳으로 돌아와야 하기 때문이다.

삼일 밥은 이 동네 풍습의 하나로, 친정에서 밑반찬을 준비해와 그것으로 아침상을 차리는 것을 말한다. 예전에는 며느리가 시집와서 첫째 날과 둘째 날은 시어머니께서 차려주는 상을 받고, 셋째 날 아침부터 며느리는 친정에서 준비해 온 반찬으로 아침을 준비해야 한다고 한다. 냉장고가 없던 시절, 겨울에는 괜찮지만 더울 때는 딸 편에 음식을 보내지 않고, 이튿날 친정에서 인편에 음식을 장만하여 보내오면, 삼 일째 되는 날 아침밥을 지어 조상님께 고하고, 집안 어르신들과 일을 도와주는 머슴들까지 조금씩 골고루 맛보기를 하여 친정엄마의 손맛을 본다고 한다. 친정엄마의 음식 솜씨로 내 솜씨를 가늠해보려는 것일 게다. 이 풍습에는 시집간 딸을 잘 봐달라는 엄마의 마음도 담겨 있단다.

시댁은 바다에서 멀리 떨어진 지리산 자락에 있다. 엄마는 그곳에서 나지 않는 상어, 민어랑 몇 가지 생선을 더 곁들여 직접 꼬들꼬들하게 말렸다. 소고기, 술 등과 함께 이바지 음식으로 준비했다. 결혼식 날 시댁에서 팥, 곡식 한 움큼씩과 육류를 바구니에 가지런히 담아 술과 함께 보내왔다. 그것의 답례로 엄마도 정성 들여 이바지 음식을 마련한 것이다.

삼일 밥의 풍습을 몰랐던 나는 이 상황에 어떻게 대처해야 할지 당황했다. 삼일 밥을 해야 한다고 알려주는 사람이 없어 아무것도 준비한 것이 없었기 때문이다. 남편을 불러 어떻게 해야 할지 상의를 했다. 옆에 있던 시누이는 읍내에 있는 시장통에 반찬가게가 있으니 가보라 귀띔을 한다. 남편과 급하게 그곳으로 달려갔다. 시부모님 몰래 몇 가지를 골라서 반찬통에 담아왔다.

다음날 오로지 나만 부엌에 들어가 아침을 해야만 한다. '째깍째깍' 마루의 괘종시계 초침 소리가 시간을 재촉하는 것 같아 야속하게 들린다. 쉽게 잠들지 못하고 뒤척이며 긴장 속에서 밤을 보내고 동트기에도 이른 아침 무거운 몸을 일으켰다. 1월 추위에 밥을 짓는 일은 내겐 녹록지 않았다. 무엇을 어떻게 해야 할지 경황이 없고, 시댁의 재래식 부엌은 내게 설었다. 받아놓은 물은 꽝꽝 얼고, 부엌 밖에 있는 수도도 꽁꽁 얼기는 매한가지다. 바람은 살을 에는 듯 추웠다. 남편은 미안한지 전날 물을 길어 놓은 가마솥 아궁이에 불을 지폈다. 나는 아궁이 위 커다란 양은솥에 미역국을 끓일 준비를 했다. 불린 미역을 볶는데, 둘째 시누이는 쪽문으로 고개를 삐쭉 내밀며 자꾸 들기름을 더 넣으라고 참견을 한다. 시키는 대로 들이부었다. 거의 소주병 반 정도를 넣었던 것도 같다. 어제 사 온 반찬과 미역국, 엄마가 말려주신 생선을 구워 아침상을 차려 드렸다.

한참 지난 후에 큰 시누이에게 왜 미역국을 끓이는 것이냐고 물으니 상에 오르는 국은 두 가지를 준비해야 한단다. 한 가지는 식구들을 위한 국이고, 미역국은 조상님들과 삼신께 올리는 것이다. 식구들 밥 먹기 전에 혼인을 잘 치렀다고 고하기 위해서다. 서툴지만 이렇게 첫 관문을 무사히 넘겼다.

나중에야 안 일이지만 부산, 경남은 '큰상'이라는 것이 있단다. 음식을 준비하여 결혼 전날 보내 조상께 고하고, 결혼하고 3일간 시부모님을 공양하며 예절과 음식 솜씨 등을 평가받는 풍습이라고 한다. 시집에 가는 첫날 가져가는 음식을 신행 밑반찬이라고 하며 시부모님과 집안 어르신들에게 첫 밥상을 올린단다.

시댁에 가서 처음으로 상을 차려야 하는 딸을 위해 친정엄마가 신행 음식을 보내는데, 시댁에서 엄마의 음식 솜씨를 볼 수 있고 며느리에게 시댁의 음식을 가르칠 때 참고하여 시댁과 음식 맛의 차이를 좁혀 간다고 한다. 그렇게 하여 두 가문이 엮어져 화합하고 어우러져 아들 내외가 잘살기를 기원하는 것이 아닐까 싶다.

신행 음식에도 다 의미가 있다고 한다. 명란젓은 다산을, 더덕은 조상을 뜻하여 더덕장아찌를 준비하고, 견과류와 같은 열매는 자손을 의미해서 견과류 조림을 하고, 가장 귀한 밑반찬으로는 홍합, 전복, 해삼 등을 넣어 바다의 깊은 감칠맛을 더한 삼합 장과, 쇠고기 장조림은 홍두깨살로 만들어 부드럽고 구수한 맛이 일품이란다. 또한 '신랑 · 신부가 찰떡처럼 찰싹 붙어서 떨어지지 말고 살라!'는 의미의 찹쌀 화전을 준비한다. 제각각 그대로 고운 빛깔을 살린 채 맛깔스럽게 만들어 백자 항아리에 담아 곱게 싸서 함께 보낸단다. 지역마다 행해지는 풍습은 다르지만 잘 살기를 바라는 마음만은 같을 것이다.

결혼 풍습은 시대에 따라서 많은 변화를 가져왔다. 서서히 옛 풍습들이 사라져 전통 혼례를 찾아보기가 어렵다. 간소한 서구의 결혼 문화를 받아들이면서 우리의 삶과 의식도 달라졌다. 시댁 동네의 삼일 밥이라는 풍습은 지금은 거의 행해지지 않지만, 주부가 되기 위한 첫 통과의례였던 셈이다.

구절초

가는 길목마다 구절초꽃이 활짝 웃는다. 추석 연휴 동생과 오랜만에 나들잇길에서 만난 꽃이다. 음력 9월 9일에 꽃과 함께 채취해 약으로 쓰면 유용하다고 알려져 구절초라 한다. 치풍, 부인병, 위장병에 좋단다. 구절초를 보면 엄마 생각이 난다.

나는 아이 낳기 전까지 내내 생리 증후군으로 고생을 했다. 통증이 심해 진통제를 먹어도 잘 가라앉지 않을 때가 있었다. 하여 엄마는 매년 구절초를 달였다. 딸들을 위해서였다. 구절초는 아랫배를 따뜻하게 해준다는 약성을 지녔기 때문에 특히 부인병에 좋단다. 그러나 나는 써서 싫다고 잘 먹지를 않았다. 엄마는 어떻게든 내게 먹일 요량으로 구절초에 여러 가지 약재를 더 넣어 달여 환으로 만들어 주었다. 오랜 시간 불과 씨름하며 약물을 졸이고 졸여 지극정성을 다 쏟았다. 엄마의 정성을 봐서라도 그 약을 잘 먹여야 하는데 애를 먹였다. 거칠고 고르지 못한 환을 목으로 넘기는 것이 어려워서 본체만체하기 일쑤였다.

구절초의 꽃말은 순수, 어머니의 사랑이다. 수줍게 핀 꽃에서 청초한 엄마의 얼굴이 보였다. 꾸미지 않은 수수함 그 자체였다. 구절초는 발치에 치이고 눈에 잘 띄지도 않는 산기슭의 풀밭이나 길섶에서 자란다. 그렇게 아무도 관심 없는 곳에서 모진 비바람을 꿋꿋이 견뎌내며 약성을 최대치로 끌어올려 순백의 꽃을 피워낸다. 아름다운 자태를 온전히 드러낼 때쯤 사람들을 위해 자신을 모두 내어준다. 어쩜 엄마와 그리도 닮았을까.

엄마는 우리 동네에 자생하지 않는 구절초를 외가에 구해 달라 부탁하시곤 했다. 외가는 미산에서 하루에 겨우 두 번밖에 없는 버스를 타고 부여에 도착하여 30여 분을 더 걸어가야만 했다. 어떨 때는 차를 놓쳐 중간 기착지에서 내려 한두 시간 걸어올 때도 있었다고 한다. 그렇게 구한 구절초에 잔대, 약쑥 등 10가지 이상의 약초를 더 넣고, 달이는 과정을 거쳐 환을 만들어 주셨는데, 나는 무심하게도 엄마의 정성을 뒤로했다.

자식을 낳아봐야 부모의 마음을 안다고 했던가. 딸아이는 생리 현상까지 나를 똑 닮았다. 요즈음은 먹는 약이 잘 나와서 친정엄마와 같은 수고는 하지 않지만, 딸이 안쓰러워 마음이 쓰인다. 세월이 지나 나도 자식을 키워보니 그때 엄마의 마음을 조금은 알 것 같다. 딸아이 배를 따뜻하게 찜질해 주며 엄마의 마음을 헤아려본다. 쓰디쓴 삶을 우려내어 자식들을 반듯하게 길러내신 어머니의 정성, 모진 생애가 구절초로 가을을 하얗게 수놓는다.

엄마는 다 그런가 보다

"나 없이 못 산다고 말해놓고서 거짓말이었나!"

한때 날렸던 유행가 컬러링만 울릴 뿐 반응이 없다. 엄마가 다쳤다는 연락을 받고 친정집으로 득달같이 달려가는 길이다. 자동차로 두어 시간 운전하여 가는 내내 전화를 받지 않으신다. 그새 무슨 일이 일어났나. 걱정되어 오빠에게 연락해 엄마 상태를 물었다. 다친 몸으로 아침부터 밭에 가신다고 해서 못 가게 만류하다 포기하고 출근을 했다고 한다. 오늘따라 가는 길이 더 멀게 느껴진다. 도착해 보니 다행히도 집에 계셨다.

어떡하다 다치게 됐는지 물었더니 얼마 전 머리를 감다가 힘없이 쓰러져 가슴뼈 두 대가 내려앉았단다. 올해 유난히도 잘 다친다고 엄마는 씁쓸해하신다. 이렇게 된 것이 그놈의 쥐 때문이라며 애꿎은 쥐에게 화살을 돌리신다. 한동안 쥐가 안 보이다가 올해는 쥐가 들끓는다며 집안에 우환이 생길까 염려를 하신다. 앞으로 쥐가 드나들지 않도록 면밀히 살펴야겠다고 한다.

다쳤을 당시 침을 맞고 괜찮은 것 같아 며칠 갯벌에 나가 바지락을 잡으셨단다. 다친 후에도 일을 계속하다 보니 통증이 더욱 심해져 이틀 동안 잠을 못 이루었다고 한다. 통증을 참다못해 병원을 찾으셨는데 가슴뼈가 골절되었다는 말을 듣고 낙담을 하고 계셨다.

아픈 와중에도 일하고 싶어 안달이 나셨다. '달달달' 바지락 캐러 가는 경운기 소리를 집에서 들으려니 짜증이 난다고 하신다. 물때가 되면 그 소리가 더 유난하게 귓가에 쟁쟁거린단다. 며칠에 걸쳐 소리만 듣고 물가로 나가지 못했으니 역정이 나실 만도 하다. 아무도 못 말리는 엄마다. 조개를 잡아 돈을 모으시며 자식들에게 신세를 지지 않고 당신이 벌어서 당당하게 쓰실 요량인 것이다. 평생을 그렇게 몸에 배도록 사셨으니 당연하게 생각하면서도 그런 모습을 볼 때마다 자식들은 속이 상한다. 제발 몸 걱정해가며 쉬엄쉬엄하시라고 해도 내 말은 그저 귓가에 메아리로 머물 뿐이다.

그런 엄마가 언제까지나 건강하실 줄 알았다. 항상 건강식, 적당한 운동을 스스로 하기에 걱정을 덜었었는데 엄마의 몸이 매년 다르시다. 카랑카랑하던 목소리도 힘이 빠져 폭 사그라지는 고목을 연상케 한다. 젊은 시절 무리하게 일을 많이 해서 그 후유증이 나타난 게다. 세월을 당할 재간이 없는 것이 인간이다.

엄마를 모시고 보양식을 먹으러 갔다. 2인분을 게 눈 감추듯 거뜬히 해치우셨다. 배부르다며 흐뭇한 웃음을 지으신다. 저녁에 먹을 것까지 사 들고 그 자리를 나서 아버지께 향했다.

산소에 오르려니 이마에 땀이 송골송골 맺힌다. 딸의 땀방울이라도 닦아주고 싶은 아버지의 마음인지 실바람이 얼굴에 스친다. 손으로 땀을 훔치며 보령호를 내려다봤다. 이곳이 명당자리인가 눈앞에 보이는 풍경이 천지 같아 보인다. 아버지께 인사를 드린 후 돌아 나오는 길에 400여 년 된 은행나무가 눈인사를 해온다.

은행나무는 동네 사람들에게 효자 노릇을 톡톡히 했다. 사방으로 고르게 뻗은 나무는 갑자기 만난 소나기를 피하게 해주고, 선풍기 없던 시절 무더위를 피할 유일한 쉼터였다. 시원한 그늘을 찾아든 동네 어르신들에겐 사랑방 같은 곳이다. 나무 아래 빙 둘러앉아 두런두런 이야기를 나누고 있으면 물큰물큰 스며든 담배 내와 땀까지 말없이 바람이 거둬간다. 그러고 보면 그 당시 이만한 쉼터가 어디 또 있겠는가. 한낮 불볕더위를 피하기엔 안성맞춤이다.

은행나무는 하나도 버릴 것이 없었다. 제법 굵었던 은행은 보양식에 들어갈 재료로 쓰거나 제를 지낼 때 기름에 볶아 실로 꿰어 제수로, 우리의 간식으로도 훌륭한 먹거리였다. 제 할 일을 다 하고 떨어진 노란 잎은 갈퀴로 모아 포대에 담아 놓으면 제약회사에서 사 갔다.

오랜 세월 동네를 지키며 많은 사람을 품어 준 나무는 공공의 이익을 위해 아얏 소리 한번 못하고 그 자리를 내주었다. 댐 건설로 위쪽으로 옮겨진 나무는 새로운 곳에 다시 뿌리내리려니 힘에 부

쳤는지 많이 수척해졌다. 사람도 늙으면 구부러지고 움츠러들어 작아지는데 낯선 땅에서 노거수의 몸으로 살아내려니 힘에 겨웠을 것이다. 엄마의 모습과 겹쳐 보여 안쓰럽다.

그곳을 빠져나와 보령호 끝자락에 있는 카페로 향했다. 주변에 배롱나무꽃이 여기저기 피어있다. 연분홍색과 흰색이 잘 어우러져 살랑살랑 바람에 나부낀다. 엄마는 그 나무를 보면서 꽃이 세 번 펴야 쌀밥을 먹을 수 있다고 말씀하신다. 순리대로 꽃이 피고 져야 하는데 연일 계속되는 불볕더위에 작물들이 자라지 못할까 봐 염려가 되나 보다. 올해 유난히 가뭄이 심해 들깨며 콩 등의 작황이 좋지 않다고 걱정을 하신다. 특히 종콩이 내년에 심을 씨앗도 안 나올 것 같다고 한다. 집에서나 밖에서나 늘 농사 걱정이다.

하룻밤을 자고 집으로 돌아오려니 쌀과 마늘, 파 등을 한가득 차에 실어 주신다. 힘이 들어도 농사지어 자식들 나누어 주는 낙으로 사는 엄마, 아무리 말려도 소용이 없다. 매년 달라지는 엄마를 보며 점점 더 건강이 나빠질까 봐 맘이 편치 않다. 발길이 떨어지지 않는다. 뜨거울 때 나가지 말고 일도 살살 하라고 단단히 당부하고 돌아왔다.

집에 잘 도착했다고 전화를 드리니 영락없이 '사랑은 장난이 아니야' 유행가 소리가 울린다. 이번엔 바로 받으시며 염려 말란다. 그리고는 너나 잘 챙겨 먹으라며 오히려 나를 챙기신다. 엄마는 다 그런가 보다.

아버지의 여행

남편이 회갑을 맞는다. 예전 같으면 할아버지 취급을 받았겠지만 요즘 사람들은 젊게 산다. 아직은 무엇이든 다 할 수 있는 나이다. 아버지가 돌아가신 그 나이쯤 되어가는 남편을 보며 문득 26년 전에 한마디 말도 없이 떠난 아버지를 떠올린다.

지난해 여름이다. 남편과 친정으로 향했다. 엄마와 함께 점심을 먹고 수몰민들의 애환이 담긴 '보령댐 애향박물관'을 찾았다. 보령댐을 에둘러 가는 길, 폭염이 나를 쓰러뜨릴 기세로 달려들었지만 진한 칡꽃향이 기분을 좋게 만든다. 그 향기를 따라 도착한 박물관은 아버지가 잠들어 계신 곳 건너편 호숫가에 자리 잡고 있다. 문을 열고 들어서니 삼태기, 홀태, 호롱구…. 어릴 때 보았던 낯익은 물건들과 함께 벽면 한쪽에 동네 사람들이 보였다. '용수2리' 용암마을 사람들이다.

그곳에 아버지가 양복바지에 흰 셔츠를 입고 반듯한 모습으로 서 계셨다. 덩그러니 혼자다. 아버지는 밭에 나간 엄마를 기다리지 못하고 혼자 사진을 찍어 버렸다. 하필 엄마가 일 나간 날, 길이길이 남길 수몰민들의 모습을 찍으러 온 것이다. 사진사에게 식구가 다 모일 때 다시 와 줄 수 있느냐 묻지도 않고 그냥 당신 혼자 찍으셨다. 늘 그렇게 아버지 안중에 엄마는 없으셨던 거다.

사진 속의 아버지를 보니 항상 전화기 옆자리에 두었던 옥편과 토정비결이 떠오른다. 아버지는 한자를 많이 알았다. 동네 사람들이 서류를 작성한다거나 한자를 잘 모르면 아버지를 찾아오곤 했다. 새해가 되면 가까운 친지, 동네 분들 토정비결을 봐주시기도 했다. 우리도 한 번쯤 봐 달라고 하면 어른이 되어야 한다고 했다. 아버지는 동네와 문중 일에는 발 벗고 나섰는데 정작 필요한 집안 일이나 가족에게는 소홀하셨다. 엄마에게 아버지는 어떤 의미일까 궁금해 물었다. 엄마는 고래고래 소리 지르던 모습밖에 떠오르질 않는다고 하신다.

아버지가 돌아가시기 한 달 전, 설에 있었던 일이다. 아버지께 세배를 드렸더니 세뱃돈이라며 대뜸 천 원 한 장을 주셨다. 나는 아이처럼 아버지에게 세뱃돈을 받았다며 돈을 들어 보여 주며 자랑을 하고는 금세 잊어버렸다. 그날 아버지는 성묫길에 당신이 돌아갈 자리를 우리에게 일러주셨다. 보령호가 내려다보이는 곳이다. 그 당시는 당신 스스로 주변 정리를 하고 있다고는 생각을 하지 못했다. 그렇게 금방 돌아가실 줄 몰랐기 때문이다. 얼마 전 나는 그때 동생도 세뱃돈을 받았는지 물었다. 동생은 그런 적이 없다고 한다. 내게만 천 원을 주신 것은 먼저 결혼한 동생 따라 얼른 결혼하여 잘 살라는 의미였을까.

지금 돌이켜 보면 자식에게 다가가지 못하고 속정으로 사랑하셔서 표현 한번 못하신 건 아닐까 하는 생각이 문득 든다. 그동안 나는 아버지를 이해해 보려고 하지 않았다. 살아계실 때 한 번이라도 살갑게 굴고 말이라도 다정하게 했더라면 아버지의 마음이 조금이라도 열렸을 텐데…. 나이 오십 중반인 지금에서야 아버지를 이해할 수 있는 마음의 여유가 생겼다.

처음으로 아버지와 눈 맞춤을 한다.

"미선이 왔니?" 아버지의 음성이 잔잔히 들려오는 듯하다. 어쩌면 아버지는 자상하지 못했던 지난날을 미안해하고 계신지도 모르겠다. 수몰 마을 사람들 속에 혼자인 듯 서 있는 아버지가 오늘따라 유난히 쓸쓸해 보인다.

집에 돌아와 사진첩을 펼쳐보았다. 결혼하고 거의 보지 않았던 사진들이다. 한 장 한 장 넘기며 천천히 보아도 어릴 적 사진이 없다. 더군다나 엄마와 아버지랑 사진을 찍은 기억이 없다. 그도 그럴 것이 엄마는 생활고에 눈코 뜰 새 없이 바쁘고, 엄한 아버지와는 가장 기본적인 대화 말고는 이야기를 나누어보질 않았다. 내게 아버지는 그저 무뚝뚝하고 퉁명스러운 사람, 툭하면 소리를 지르는 가장으로 각인되어있다. 그래서인지 나는 학비와 용돈 등 필요한 것이 있으면 늘 엄마에게 이야기했다.

사진첩을 닫고 넣으려는데 사진첩 상자 안에 떨어져 있던 아버지의 회갑연 사진이 슬그머니 내 손을 잡는다. 엄마와 아버지, 우리 육 남매 그리고 조카들이 보인다. 아버지와 함께 찍은 유일한 가족사진이다.

1995년 4월, 대부분 회갑연은 안 하는 추세였다. 무슨 회갑연을 하느냐는 주변의 만류에도 아버지는 잔치를 강행했다. 우리는 아버지 건강이 예전만 못했기 때문에 당신의 뜻에 기꺼이 동참하기로 했다. 자식들은 힘들었던 지난날의 시름을 덜고 건강만 하시라고 마음을 담아 한 상 가득 잔칫상을 차려놓고 큰절을 올렸다. 가족 모두 가장 행복한 미소를 지었다. 아버지도 당연히 즐거우셨으리라 생각했다. 그런데 사진을 보니 생신 축하 박수와 함께 다들 웃고 있지만, 아버지만 뚱한 표정이다. 기쁜 날 왜 그랬을까.

회갑 잔치를 한 다음 해 3월 간경화로 복수가 차 성치 않은 몸인데도 불구하고 해외여행을 가고 싶어 하셨다. 걱정되었지만 여행을 가시겠다는 아버지의 완고한 뜻에 따라 보내드렸다. 당신의 운명을 예감이라도 하신 걸까.

아버지는 8박 9일의 긴 여정에도 불구하고 놀이기구를 타기도 하며 즐거워하셨다 한다. 여흥에 취해 술을 많이 드셔서 엄마의 애간장을 녹이며 힘들게 했다. 다행히 여행지에서는 큰일 없이 비행기에 몸을 실었다. 술이 독이 되었는지 돌아오는 길 김포공항에서 쓰러졌다. 그리곤 영원히 돌아오지 못하셨다. 그렇게 아버지는 해외 나들이를 끝으로 이 세상 여행길을 마감하신 것이다.

엄청 션해유

요즘 엄마는 주로 집에만 계신다. 외출을 해봐야 더위를 피해 동네 그늘막에 두서너 시간 다녀오는 것이 전부다. 전화를 드리면 그곳이 시원해서 있을 만하단다.

엄마를 찾아뵌 지가 한참 되었다. 코로나19가 사람 도리도 못 하게 한다. 콧바람도 쐴 겸 우리 집이라도 다녀가시면 좋을 텐데 그것마저도 못하게 된 상황이 야속하다. 언제쯤 마음 놓고 오갈 수 있을까. 문득 우리 집에 오셨을 때 생각이 난다.

3년 전이다. 군대에 입대한 외손자 면회하러 같이 가고 싶다고 했다. 이틀째 되는 날, 강원도 인제 원통에서도 더 들어가는 부대에서 복무하고 있는 외손자를 보고 오시느라 피곤했는지 잠시 누우셨다. 모로 누우신 엄마를 자세히 들여다보게 되었다. 예전보다 등이 더 굽고 수척해 보였다. 다친 등허리를 또 다쳐 그렇다. 불편해 보여도 그러려니 무심했다. 그 모습을 보면서 자식 노릇 제대로 못 하고 산 것이 죄송스럽다. 마음이 짠하다.

언젠가 내 어깨 통증이 심해서 경락마사지를 한두 번 받은 적이 있다. 혈을 짚어가며 정성스럽게 마사지해주는데 아프면서도 한편 시원했다. 엄마에게도 받게 해드리면 좋겠다는 생각이 들었다.

다음날, 엄마랑 나란히 침대에 누웠다. 덩치 큰 중국인 마사지사가 어깻죽지, 허리 등을 만지며 엄마와 딸이 어쩜 아픈 곳도 비슷하냐며 웃는다. 딸이라 그런 것도 닮았나보다. 나도 따라 웃었다.

마사지를 해드리기에 앞서 걱정이 되었다. 엄마가 연세도 있으시고 굽은 허리를 누르다 보면 뼈에 무리가 가지는 않을까 하는 염려 때문이다. 그런데 막상 시작하자 당신은 괜찮다고 더 세게 해달라고 한다. 마사지사가 세기를 달리하여 엄마의 아픈 곳을 누르며 어떠냐고 재차 묻는다. 우두둑우두둑 소리에도 엄마는 연신 "엄청 션해유!" 하신다. 그녀는 엄마에게 평소 아픔을 너무 잘 참으시는 것 아니냐고 한다.

엄마는 예전부터 참는 것이 생활이 되어서 그런지도 모르겠다고 한다. 그 말이 뇌리에서 떠나지 않는다. 가슴이 찡했다. 엄마의 고달픈 삶이 당신의 몸에 덕지덕지 붙어 감당하기 힘든 무게로 다가왔던 시절이 있었다는 것을, 이제 더는 수리하기 어려운, 고장 난 기계처럼 녹슬어 있다는 것을 제대로 알지 못한 미안함에 말을 잇지 못했다.

마사지사의 손끝에서 엄마는 당신의 과거 속으로 자연스럽게 이끌려 들어갔다. 애를 낳은 지 사흘 만에 콩을 까불러서 몸 이곳저

곳이 아프고 안 좋다고 하신다. 산후조리는 꿈도 못 꾸었단다. 매운 시집살이 이야기를 글로 쓰면 책 몇 권은 나올 거라고 하셨다. 뼈 마디마디에서 우두둑 뚝뚝 하는 소리와 함께 엄마는 시원하다는 말을 신음처럼 뱉어내시다 이내 잠잠해진다. 응어리진 마음을 녹여내고 있는가 보다.

엄마의 지난 세월을 나조차도 당연하게 받아들였는지도 모르겠다. 그 시절은 다 가난하고 힘든 시기라 몸조리를 못 해서 그렇겠거니, 엄마의 넋두리려니 시대를 탓하며 대수롭지 않게 흘려버렸었다.

나는 늘 내 앞가림에 허덕이고 있어서 엄마가 보이지 않았다. 이제 돌아보니 엄마는 이미 한 줌 꼬부라진 할머니로 늙어 있었다. 돌이킬 수 없는 시간, 알아주지 못한 엄마의 굴곡진 세월에 가슴이 무너져 내린다. 엄마와 난 마사지 침대에 누워 비로소 뼈마디가 풀리듯 편안하게 한마음이 된다.

그사이 마사지를 몇 번 더 받았다. 눕고 일어나기가 많이 편해졌다며 좋아하신다. 몸이 한결 부드럽고 가벼워졌다는 말에 기분이 좋다. 평생 처음으로 몸이 호사를 했다. 그것도 낯모르는 이국 여인의 손에 의해서다. 편안해하는 엄마의 모습을 보며 진즉 해드릴 생각을 왜 못했을까 후회가 된다.

애초에 사흘을 묵기로 했는데 마사지를 받느라 일주일이 지났다. 그리고 또 일주일이 더해졌다. 엄마는 이곳저곳을 같이 다니는 동안 내가 편해 보인다며 아주 흐뭇해하신다. 전에 왔을 때는 아이 키우는 것도, 경제적으로도 힘들어 보여 마음이 안 좋았다고 속내를 털어놓으며 밝게 웃는다. 엄마의 눈에는 나만 보이는 것이다. 천하에 없는 내 엄마다.

엄마도 딸네 집에 온 게 나들이처럼 퍽이나 좋으셨나보다. 보령에서 진천까지 차가 한 번에 오는 것이 있으면 좋겠단다. 새해 첫날, 다시 오마 약속하며 우리 집에 온 지 17일 만에 집으로 가셨다.

어릴 때 집 떠난 이후로 이렇게 오랜 시간을 엄마와 함께 마음을 나눈 적이 있었던가. 이런 날이 앞으로 얼마나 더 있을는지….

한라민국

"카톡, 카톡"

누군가가 나를 부른다. 오래전부터 알고 지내던 언니가 전화를 부탁한다는 메시지다. 반가운 마음에 전화했더니 모임에 다시 오면 좋겠다고 한다. 이곳 진천으로 이사 오기 전에 아파트 한 동에서 위아래 살던 인연으로 모임을 같이 했던 사람들이다. 친목 모임방 이름은 '한라민국'이다. 이는 한라마을에서 처음 만나 서로의 마음을 위로하는 사람들이라는 의미를 담아 지은 것이다.

먼 거리라 모임 때마다 갈 수 있을까 망설여지면서도 나를 찾아주는 것이 몹시 반가웠다. 그곳에서 어울린 시간보다 떠나 있었던 시간이 길었는데도 잊지 않아 더 고마웠는지도 모르겠다. 하나 부천까지는 거리가 멀고, 평일에 모임을 해서 만나기가 쉽지 않을 것 같아 생각을 더 해보겠다고 했다.

그녀들과 서로 마음을 터놓기까지 짧은 시간 내에 이루어진 것은 아니다. 매일 얼굴을 대하면서 조금씩 마음을 열었다. 그러다 집안에 숟가락이 몇 개인지 속속들이 알 정도로 가까워졌다. 육아에 서툰 나는 아이를 키우면서 겪는 어려움 때문에 더 의지했는지도 모른다.

큰아이 때 일이다. 아이가 태어난 지 한 달이 지났을 즈음 모유를 먹던 아이가 설사를 하고, 그것 때문에 엉덩이까지 물러 매일 보챘다. 나는 어쩔 줄 몰라 약국에서 산 약들을 이것저것 발라가며 아이를 달랬지만 쉬 울음이 잦아들지 않았다. 진땀이 났다.

어느 날, 옆집 할머니가 열린 현관문 안으로 슬그머니 들어왔다. 그리곤 아이가 왜 자지러지듯 우느냐고 묻는다. 자초지종을 말씀드렸더니 땀띠 분을 바르면 땀구멍이 막혀 더디 나으니 엉덩이에 연고를 바른 후 스며들 때까지 바람이 통하도록 해야 한단다.

며칠이 지난 후 신기하게도 아이의 엉덩이는 복숭아 속살처럼 제 빛깔을 찾았다. 그 계기로 나는 한 집 한 집 알아가기 시작했다. 시간이 지나니 모두 아홉 집이나 되었다.

더위에 예민한 큰아이가 잠을 못 자면 복도에 돗자리를 깔고 같이 자기도 했다. 작은아이 심장 수술 때는 수혈해 줄 사람도 같이 알아봐 줘 도움을 많이 받았다. 서로 의지하면서도 아이들 육아는 여전히 힘들었다. 잔병치레가 많은 작은아이를 살피느라 몸살이 심해도 병원 갈 엄두를 내지 못하고 약국에서 약을 사다 먹는 게 다였다.

그러던 어느 날 문득 나는 누구인가 정체성을 찾지 못하고 이름도, 생일도 까마득하게 잊고 산다는 생각이 들었다. 하루는 이런저런 이야기 끝에 남편이 내 생일을 기억 못 하고 있다는 말을 했다. 그녀들도 공감하고 돌아오는 생일부터 서로 챙겨 주자며 시작한 것이 모임의 발단이었다. 우아하게 생일상을 차리는 것이 아니라 집에서 그냥 밥이나 같이 먹자는 것이다. 멀리 있는 부모님에게 못 하는 말도 이웃인 그녀들에게 풀어내고 위로를 받았다. 그러면서 더 가까워져 부담 없이 편한 사이가 되었다.

그러다가 15년 전, 나는 남편의 직장을 따라 이곳 진천으로 이사를 오게 되었다. 당시 남편은 낯선 곳에 오는 것이 두려워 망설이는 나에게 부천의 모임에 가끔 가고 서로 왕래하면 된다고 설득하여 내려오게 되었다. 처음 일 년은 그래도 몇 번은 올라갔다. 하지만 얼마 지나자 남편은 불편함을 드러냈다. 그런 일이 반복되자 나 스스로 모임을 정리하고 말았다.

메시지를 보낸 언니와는 가끔 연락을 주고받으며 지냈다. 작은 아이가 지금도 그곳에 있는 병원에 정기적으로 다녀서 어쩌다 만나며 인연의 끈을 이어갔다. 언니는 가끔 지나가는 말로 다시 오면 좋을 텐데 하곤 했다. 그러더니 재작년부터 본격적으로 나에게 의중을 물었다.

이번엔 언니가 작심한 듯 다시 말을 꺼낸다. 그곳의 다른 회원들에게 다 허락을 받았으니 남편에게 이야기하고 꼭 오라고 한다. 그러면서 전화기 너머 언니 옆에 있던 다른 회원들의 목소리를 들려준다. 그녀들의 마음이 전화기를 넘어 이곳까지 따뜻하게 전해온다.

이곳에 이사 오고 오랫동안 만나지 못했던 이들을 대하면 어떤 마음이 들까. 떨어져 있었던 시간만큼 마음이 멀어지면 어떡하나 걱정했는데 전화 통화만으로도 반갑고 설렌다. 그새 할머니가 된 언니도 있어 만나면 풀어낼 그 삶이 벌써부터 궁금해진다.

막걸리 한 잔

거실에 앉아서 엄마와 도란도란 이야기를 나누고 있었다.

"엄마, 아버지 어떻게 만나셨어?"

"니 아버지?"

옛일을 떠올리는지 멈칫하더니 이내 마음을 여셨다. 아스라이 잊고 있던 지난날을 조금씩 풀어내기 시작했다.

어느 날, 은산에 사는 대고모가 외할머니를 찾아와서 딸을 달라고 하셨단다. 외할머니는 "글쎄요." 별로 탐탁지 않게 생각해서 말꼬리를 흐리고 말았단다. 말이 나오기가 무섭게 마음이 급해진 아버지 쪽에서는 사주와 함께 저고릿감을 마련하여 가지고 와 외삼촌을 불러냈다. 술이라면 사족을 못 쓰는 외삼촌에게 막걸리 한 잔 마시자고 부추겼다. 시간이 갈수록 한 잔 두 잔 거듭되면서 그만 외삼촌은 약주에 거나하게 취해 기분이 좋아진 상태였다. 그때를 놓치지 않고 사주 저고릿감을 안겨주며 "부잣집이니 먹고사는 걱정은 하지 않아도 된다."라는 말을 흘린다. 외삼촌은 술에 취해 사실 확인도 안 하고 냉큼 그것을 받아 들고 말았다는 것이다.

엄마는 외삼촌의 손에 인생이 결정될 줄 꿈에도 몰랐다. 시집을 안 가겠다고 했지만 이미 벌어진 일이다. 결국, 얼굴 한번 본 적이 없는 아버지에게 시집을 가야 했다.

결혼시키자는 말이 나오고 한 달 만에 성사된 결혼이라 엄마의 집안에서는 아버지에 대한 억측이 많았다. 어디 병신 아니냐고 했다. 아버지도 엄마를 미리 봐야 한다고 하자 대고모는 예쁘니까 볼 것 없다고 했단다. 그도 그럴 것이 아버지는 이미 과거가 있는 남자였다. 아버지보다 연상인 여자와 열여덟에 결혼을 했는데, 신부가 못생겼다고 첫날밤도 안 치르고 퇴짜를 놓은 전적이 있었다. 그러니 아버지 입장에서 먼젓번처럼 박색은 아닐까 얼마나 상대가 궁금했겠는가. 서로 궁금증만 증폭된 상태로 혼인하는 날이 되었단다. 그날 아침, 엄마는 어떤 마음이었을까. 그래도 설레기는 했겠지.

엄마의 앞날을 예견이라도 한 것일까. 그날따라 비가 억수로 왔단다. 아침부터 날이 저물도록 내렸다. 비를 피해 서둘러 신부의 집 토방에서 간략하게 식을 올리고 트럭을 타고 신랑네 집으로 향했다. 허리까지 차는 개울에 다다르자 아버지는 엄마를 업고 건너갔단다. 엄마가 마음에 들었나 보다.

그렇게 시집을 가보니 층층시하 시어른들이 계시고 집안 형편은 말이 아니었다. 엄마에게 부자라고 속인 게 금방 들통이 나고 말았다. 간 날부터 없는 살림에 시집살이가 시작되었다. 사소한 일에도 강짜를 잘 놓았던 할아버지와의 생활은 고초당초보다 더 매웠다고 한다. 결혼을 무르거나 이혼은 상상도 못 할 때였기에 인내는 엄마의 몫이었다.

외삼촌은 술 한 잔에 팔아버린 동생에게 미안해 엄마 앞에서는 늘 기 한번 못 펴셨다. 엄마 칠순 때 이르러서야 다복해 보였는지 당신 덕에 이런 좋은 날이 있는 거라며 너스레를 떨다 엄마에게 핀잔을 듣고는 슬그머니 자리를 피했다.

육십여 년 넘게 허리가 휘도록 살아온 당신의 삶을 옛이야기처럼 담담하게 들려주신다. 미움도 원망도 오랜 시간 속에 결이 삭았는지 엄마의 표정은 평온한데 오히려 내 마음이 출렁인다. 엄마의 모진 세월이 눈가의 이슬로 맺힌다.

영원한 사랑

창문을 여니 아침 공기가 상쾌하다. 화창하고 싱그러운 날, 동생이 친정 나들이하자고 한다. 어제가 어버이날이었는데 찾아뵙지 못했으니 엄마를 만나러 함께 가자는 것이다. 우리는 보령의 조그만 어촌마을 은포리로 향했다.

초여름 날씨다. 가는 길가에 이팝나무가 서로 앞다퉈 꽃단장을 하고 있다. 이팝은 입하 즈음 핀다고 했는데 벌써 여름으로 접어드나 보다. 뻥튀기 기계에서 방금 튀겨져 나온 듯 나무가 온통 쌀 튀밥처럼 하얗다. 이팝나무의 꽃말은 '영원한 사랑'이다. 이 세상의 모든 부모가 그러하겠지만 내 어머니의 사랑은 끝없는 내리사랑이다.

두어 시간을 달려 도착하니 엄마가 나와 계신다. 대문 밖에서 한참을 기다리신 모양이다. 집안에 들어서자마자 배고플 거라며 바삐 밥상부터 차리셨다. 빙 둘러앉아 제비 새끼가 입 벌리고 먹이 기다리듯 우리는 엄마가 차려준 밥상을 냉큼 받았다. 게 눈 감추듯

한 그릇 뚝딱 해치웠다. 배불리 먹고 나니 그제야 엄마의 부은 손이 눈에 들어왔다. 어떻게 된 일이냐고 물었다. 엄마는 얼마 전 자전거를 타고 밭에 가다 넘어져 다치셨다 한다. 자식들이 걱정할까 봐 아무 말도 하지 않아 까맣게 모르고 있었다. 다행히 뼈는 잘 붙어 깁스는 풀었다고 한다. 그렇게 아픈 손으로 손수 두 딸의 밥을 차려주신 것이다. 밥상을 앉아서 받아먹은 게 미안해진다. 손을 어루만지며 건강 상태를 물었다. 다 괜찮단다. 엄마는 그렇게 우리를 안심시켰다.

어릴 적에 자주 엄마의 냄새를 맡곤 했다. 엄마의 배를 만지는 것도 좋아했다. 아기가 엄마의 심장 소리나 애착 인형으로 안정감을 느끼듯 말캉말캉한 피부의 촉감과 살 냄새로 마음이 편안해짐을 느꼈다. 문득 그때가 생각나 코를 대고 킁킁거려 본다. 그리운 냄새다. 손을 비벼 보며 요리조리 살펴보니, 검어진 손등에 주름이 깊게 패여 갈라지고 거칠어진 손이지만 따뜻했다.

재잘거리며 이런저런 이야기보따리도 풀었다. 그러다 까무룩 잠이 들었다. 잠깐이었지만 엄마 품에서의 낮잠은 꿀맛이었다. 엄마 앞에 서면 언제나 아이가 되는 것 같다. 그래서 엄마 품은 영원한 마음의 고향이라 하나 보다.

엄마는 그 품을 지켜가느라 어느 누구보다 강하다. 자식들에게 짐이 되지 않으려 부단한 노력을 하신다. 오래전 교통사고가 나서 6개월 정도 입원했을 때다. 팔과 어깨 쪽 뼈가 부러져 큰 수술을 하고 여러 날을 병원에만 있으려니 답답하셨던 모양이다. 통원 치료를 받겠다며 당신 스스로 보험사와 합의를 한 후 퇴원을 강행하셨다.

그날부터 하루도 거르지 않고 걷기 운동을 하셨다. 처음에는 한 시간이면 갔다 올 수 있는 거리를 두 시간이나 걸렸다. 몸에 좋다는 이야기를 들으면 당장 실행하셨다. 사람들이 수술한 곳에 해풍 맞은 쑥을 말려 쑥 찜질을 하면 좋다고 하자 그날로 바닷가 주변에 있는 쑥을 쪄와 말려 찜질을 하셨다. 굳은 의지로 운동을 하니 차츰 차도가 있었다. 그 후로 지금까지 운동을 하루도 거르지 않으신다. 나이에 비해 다리 근육이 아직 짱짱한 편이다.

자식이 여럿 있지만 다 살기 바쁘다는 핑계로 자주 찾아뵙지 못하고 산다. 어쩌다 전화를 드리면 아픈 곳 없이 건강하니 걱정하지 말라고 한다. 간다고 하면 괜찮다며 바쁜데 오지 않아도 된다고 하신다. 당신보다 자식들을 먼저 생각하는 것이다.

지금 팔순을 바라보신다. 비록 주름살이 패이고 허리는 굽었지만, 여전히 씩씩하시다. 이제라도 자식 걱정 내려놓고 남은 생애 엄마만을 위한, 엄마의 인생을 사셨으면 하는 바람이다.

3

사십일만 삼백이십 원

사십일만 삼백이십 원

꽃다운 나이 열아홉, 딸아이가 처음 제 손으로 일을 하고 첫 월급을 받아왔다. 학교 일자리 사업의 일환으로 행복나눔실무원 인턴 일을 하게 된 것이다. 안전한 학교 울타리 안에서 하루 네 시간씩 주어진 일이다. 근로계약서에 아이 이름과 함께 서명을 하려는데 지난날이 주마등처럼 스치며 만감이 교차한다.

며칠을 일하고 오더니 느닷없이

"청소 싫어."

투정을 부린다. 딴에는 힘이 좀 들었나 보다. 그래도 잘하고 있다며 다독여 보냈다. 생각보다 잘 적응하여 무사히 한 달이라는 시간이 흘렀다. 처음 받는 아이의 월급이 궁금했다. 확인해보니 410,320원이다. 생각보다 많았다. 어설픈 손으로 일을 해서 받은 첫 월급을 보니 가슴이 떨린다. 그 어느 것보다 귀하다. 세상 부모들이 다 그렇겠지만, 딸아이의 첫 월급이 내게는 돈 그 이상의 특별한 의미를 지닌다. 희망의 작은 불씨 같은….

아까시 꽃향기가 흐드러지던 어느 봄날, 아이는 가족의 축복 속에 태어났다. 나는 먼저 손과 발이 다 있는지 확인했다. 남편은 다 있으니 걱정하지 말라고 했다. 우리 부부는 아들에 이어 딸을 얻었으니 세상 부러운 것이 없다며 기쁨에 들떠 있었다.

다음 날 아침, 소아과 의사가 남편을 급히 찾는다. 심장에서 이상한 소리가 난다며 큰 병원으로 가보라고 한다. 그 길로 남편과 아이는 구급차를 타고 부천에 있는 심장전문병원으로 달렸다. 응급으로 검사를 하니 '중증 심장병'이라고 한다. 하늘이 무너지는 것 같았다.

제왕절개한 나는 몸을 추스르지도 못한 채 아이와 병원 생활을 시작했다. 수술하면 괜찮겠지 스스로를 위로하며 마음 졸이는 나에게 또다시 청천벽력 같은 소식이 날아든다.

'2번 염색체 이상.'

이것은 지적 장애는 물론 여러 가지 질병을 동반한다는 의미라고 한다. 앞이 깜깜했다. 하늘이 무너져 내려앉는 바로 느낌이었다. 그 모든 상황을 받아들이기가 무척 힘이 들었다.

남편은 아이의 장애를 받아들이지 못했다. 큰애 때는 다정한 아빠였다. 밤에 아이가 잠을 안 자고 보챌 때면 달래느라 임진각을 제집 드나들듯 할 정도로 지극정성이었던 그가, 작은애를 낳고 나서 달라지기 시작했다. 다혈질의 성향이 그대로 표출되어 나와 아이들에게 화를 쏟아내곤 했다. 직장에서 받은 스트레스까지 더했다. 차마 입에 담지 말아야 할 말도 했다. 살면서 장애로 인해 사람 구실을 못 하느니 차라리 죽었으면 좋겠다는 말을 서슴없이 했다. 그럴 때 정말로 그를 죽이고 싶은 마음이 울컥울컥 솟았다.

작은애가 태어나고 남편은 큰아이의 사소한 잘못도 용납하지 않는 게 많았다. 크게 잘못한 것이 없는데도 남편은 욱 올라오는 화를 다스리지 못해 아이에게 프라이팬을 휘둘렀고, 그것을 막아내다 내가 대신 맞기도 했다. 딸애가 칭얼거릴 때마다 밤이고 새벽이고 아이가 잠들 때까지 밖에서 서성이는 날이 반복되었다. 참으로 많은 날을 인내해야 했다. 아이가 커가면서 경제적으로도 힘이 들었지만, 육체적 정신적인 고통이 더 심했다. 수십 번도 더 이혼을 생각했으나 아이를 살려야 했기에 그런 마음조차도 내게는 사치였다. 엄마니까 강해져야 한다며 속으로 화를 삭였다.

2003년 1월, 처음으로 장애등급을 받던 날이다. 그날은 유난히도 추웠다. 아침 일찍 서둘러 큰아이를 유치원에 보내고, 딸을 둘러업고 대학로에 있는 서울대병원으로 향했다. 지난번에 검사한 그 결과에 따라 등급을 받기 위해서이다.

태어날 때 장애 진단을 받은 바 있어 어느 정도 각오는 하고 있었지만, 몹시 떨렸다. 드디어 의사 선생님과 마주 앉았다. 쿵쾅쿵쾅 가슴이 요동치기 시작했다. 저승사자와 대면하고 있는 것만 같았다. 무슨 말을 하는지 멀리서 딴 세상의 소리로만 들렸다. 퍼뜩 정신을 차리고 재차 물었다.

"1급과 2급의 경계선에 있는데 2급으로 진단을 내린다."라며 앞으로 1급으로 바뀔 수도 있다고 말씀하셨다. 눈앞이 노래진다. 이미 예견된 일인데 받아들여지지를 않는다.

어떻게 인사하고 나왔는지 정신을 차리니 진단 서류를 들고 아이와 함께 전철을 타고 있었다. 전철 안 바닥에 주저앉아 펑펑 울었다. 주변의 시선도 아랑곳하지 않고 하염없이 울었다. 내가 전생에 지은 죄가 얼마나 크기에 이런 시련을 주나 싶었다. 하늘이 원망스러웠다. 그날만큼은 지우개로 모두 지우고 싶었다.

'왜 나는 건강한 아이를 낳지 못했을까.'

한없이 마음이 무너져 내린다. 아이는 이런 엄마 마음도 모른 채 천사 같은 미소로 방글거린다. 그 모습을 보며 마음을 다잡고 일어섰다.

의사는 중증 심장병, 2번 염색체로 인한 유전적 이상과 여러 가지 질병으로 인해 성장하는 데 방해 요인이 너무 많다고 했다. 아이 상태로 보아서는 다 커야 140cm가 안 될 수도 있다고 하였다. 제때 이차 성징이 나타나지 않으면 호르몬 치료도 해야 한단다. 아이가 제구실도 못 할 것 같은 절망감이 밀려왔다.

고비, 고비 넘기고 나니 그런 날들이 약이 되었는지 아이는 처음 진단했을 때보다 성장과 발육 상태가 좋다. 엄마인 내 키를 훌쩍 넘어 160cm에 다다른다. 사람들과 기본적인 대화도 가능하게 되었다.

지적 능력이 떨어지지만 염색체 이상으로 인한 유전적인 증상은 양호하단다. 이제는 별다른 증상이 없으면 병원에 오지 않아도 된다고 한다. 병원 가는 횟수가 점점 줄어간다. 나는 뛸 듯이 기뻤다. 병원을 오간 지 어언 19년이라는 시간이 흘렀다.

아이는 지금 특수학교 고등과정을 마치고 직업교육 과정인 전공부에 다니고 있다. 마침 학교 일자리 사업이 있어 참여하게 된 것이다. 보통 첫 월급을 타면 부모에게 빨간 내복을 선물한다. 아이에게 외할머니 빨간 내복을 사드리자고 했더니 좋아한다. 친정엄마에게 아이의 첫 월급 소식을 전하며 빨간 내복을 선물하고 싶다고 했더니 그 귀한 돈 어찌 쓰겠냐며 극구 사양하신다. 때마침 친구분들과 기차여행이 예정되어 있었다. 얼른 여행비용으로 드렸다. 엄마는 외손녀에게 용돈을 받았다고 동네방네 자랑을 하셨다. 당신에게도 늘 아픈 손가락으로 있는 손녀에게 받은 용돈이니 얼마나 뿌듯하셨겠는가.

딸은 예쁜 옷도 사고 싶어 했다. 요즘 부쩍 외모에 신경을 쓴다. 스스로 번 돈으로 산 치마와 블라우스를 차려입고 화장을 하며 해맑게 웃는다.

'언젠가 저 아이에게도 사랑이 찾아올 텐데….'

낡은 수첩

책장을 정리하다 손바닥만 한 수첩을 발견했다. 진천으로 이사 오기 전까지 늘 가지고 다녔던 물건이다. 꺼내 들고 한 장 한 장 넘겼다. 반가운 이름이 적혀있다. 딸애가 첫 번째 심장 수술을 할 당시 도움을 주었던 고마운 분들이다.

1999년 봄, 우리 곁으로 온 딸은 분유를 5cc조차 먹질 못하고 젖병을 힘겹게 밀어낸다. 병약했다. 의사는 지금 상태로는 큰 수술을 견뎌내기 어렵다고 한다. 아이를 좀 더 키워서 하자고 한다.

태어난 지 4개월쯤 되었을 때 더는 미룰 수가 없다고 한다. 수술을 결정하고 준비하는 과정 또한 쉽지 않았다. 혈액이 많이 필요하단다. 그것도 술, 담배를 하지 않고, 약 복용도 안 한 건강한 피를 요구했다.

딸애는 A형이다. 수술하려면 수혈해 줄 사람을 여섯 명이나 직접 구해오라고 한다. 네 명은 전날 미리 와서 피를 뽑고, 두 명은 수술 당일에 와야 한다는 것이다. 주위에 같은 혈액형을 가진 사람이 있어서 어렵지 않게 수혈을 받을 수 있을 줄 알았다. 그러나 조건에 맞는 사람은 그렇게 많지가 않았고, 조건이 맞는다고 해도 누가 자기 일을 뒤로하고 휴가를 내면서까지 달려와 줄 수 있을지 걱정이 태산이었다.

먼저 수술을 받은 같은 병실 보호자에게 어떻게 했는지 물었다. 주변에 있는 군부대에 도움을 청하라는 사람도 있고, 병원 근처 신학대학 학생들을 찾아가 보라고 한다. 군부대에 전화를 걸었더니 하도 여러 번 해주어 이제는 힘들다며 거절을 했고, 학생들도 마찬가지다. 입맛에 맞는 사람을 찾기가 쉽지 않았다. 거절이 어려웠는지 수혈해 주기로 했다가 전날 연락이 안 되는 경우도 있었다. 입이 바짝바짝 타들어 갔다.

남편은 친구들과 옛 직장동료들을 찾아다니며 간곡하게 부탁을 했고, 나도 주변 지인들에게 간절히 도움을 청했다. 고맙게도 남편 친구의 아내와 옛 직장동료 등이 기꺼이 도와주었다. 옆집 학생도 자신의 일처럼 친구들에게 사정 이야기를 하고 도움을 청한 덕분에 한 명이 동참해주었다. 그중에는 수혈하러 왔다가 일주일 전에 먹었던 약 때문에 그냥 돌아간 이도 있었다. 힘든 과정이었지만 모두 한마음으로 힘을 보태준 덕분에 아이는 무사히 수술할 수 있었다.

1. 수술하던 날

수술 당일, 유난히 작고 가녀린 딸아이는 천진난만한 모습으로 새근새근 잠을 잔다. 아침 일찍 아이를 이동 침대에 눕혀 수술실로 향했다. 아이 손을 잡고 따라가는 내 마음은 복잡 미묘한 생각들로 방망이질을 해댄다. 시간이 빨리 지나갔으면 좋겠다.

수술은 빠르면 다섯 시간 반, 늦어도 일곱 시간 반 정도 걸린다고 한다. 성공률은 반반이란다. 의사의 설명을 듣는 내내 주체할 수 없이 눈물이 쏟아져 내린다. 의사는 최선을 다할 테니 너무 걱정하지 말라고 한다. 위로의 말에도 마음을 추스를 수가 없다.

아이를 들여보내고 수술실 앞에 선 채 무사하기를 빌고 또 빌었다. 하나님, 부처님 모든 신을 떠올리며 도와 달라 기도를 했다. 의자에 편하게 앉아 있을 수가 없었다. 물 한 모금도 넘기질 못해 입안이 소태처럼 쓰다. 남편은 걱정이 되었는지 "커피라도 뽑아다 줄까?" 물었다. 나는 고개를 가로저었다. 아무것도 넘어갈 것 같지가 않았다.

그러기를 한참, 예정된 시간이 지났다. 수술실 문과 수술 상황을 알려주는 전광판만 뚫어져라 쳐다보았다. 그때 갑자기 전광판에서 '○○○ 수술 중' 문구가 사라졌다. 깜짝 놀라 수술실 문을 드나드는 사람들을 붙들고 어찌 된 영문인지 물었다. 모른다며 그냥 가버린다. 야속한 사람들, 애간장이 녹아내린다. 바짝 마른 입은 이제 침조차 삼켜지질 않는다. 몇 분이 지났을까 다시 수술 중이라는 문구가 떴다. 가슴을 쓸어내렸다.

예정보다 두 시간이 더 흘렀다. 수술을 시작한 지 9시간이 지나자 수술실 문이 열리며 보호자를 중환자실로 오란다. 중환자실로 옮겨진 아이는 퉁퉁 부어 얼굴을 알아보지 못할 정도였다. 그런 상태에서도 얼굴과 입술에 발그레 혈색이 돈다. 내 마음에도 화색이 돌았다. 수술이 잘 됐다는 의사 선생님의 말씀에도 자꾸 눈물이 난다. 나도 모르게 두 손이 가슴 앞으로 모였다.

"고맙습니다."

2. 중환자 보호자 대기실에서

중환자 보호자 대기실이다. 그곳에 있는 사람들은 대부분 심장병 환자의 보호자들이다. 그곳에서 먹고 잠도 잔다. 동병상련의 마음으로 서로를 위로하며 힘을 준다. 밥도 같이 먹고, 정보도 공유한다. 그렇게 하루가 지나니 마음이 차차 안정되어 갔다. 그곳에 있은 지 이틀째 되는 날 새벽 두 시, 전화벨이 울린다. 잠결에 별생각 없이 누구를 찾나보다 했다. 다른 사람들도 마찬가지다. 갑자기 한쪽에서 웅성웅성 떠들고 있다. 2개월 된 아기가 하늘나라로 갔다는 것이다.

그날 이후로 전화벨만 울리면 깜짝깜짝 놀란다. 자기를 찾는 전화일까 봐 서로 전화를 받는 것조차도 두려워했다. 어느 날 새벽, 중환자실에서 나를 찾는다. 너무 놀라 황급히 달려갔다. 간호사는 아이가 우유를 먹지 못하니 엄마가 먹이면 나을까 싶어 불렀다며 젖병을 내민다. 놀란 가슴을 쓸어내렸다. 사소한 말 한마디에도 천당과 지옥을 수없이 오가는 것이 중환자 대기실이다. 아이는 힘든 시간을 잘 견뎌주었다. 일주일 만에 비로소 중환자실을 나올 수 있었다. 그로부터 10여 년이 지난 뒤, 또 한 번의 대수술을 했다.

오랜만에 다시 본 수첩에서 그때의 힘들었던 기억들이 고스란히 전해진다.

"엄마, 사랑해."

등 뒤에서 아이가 끌어안는다.

지금 특수학교에서 고등과정을 밟고 있는 아이는 그동안 아무 일이 없었던 듯 늘 해맑게 웃고 있다. 예나 지금이나 천진무구하다. 신은 장애를 준 만큼 천사의 마음도 함께 주셨나 보다. 천사의 웃음이 내 삶의 원동력이 되고 있음을 느낀다.

때로는 죽을 만큼 힘이 들기도 했지만, 이렇게라도 우리 부부에게 와 준 아이가 한편 고맙다. 아이로 인해 교만해지지 않고 이웃과 함께 마음 나누며 살 수 있게 된 것도 다 고맙다.

사랑의 김밥

이제는 도시락을 싸지 않는다. 아이 둘 다 졸업했기 때문이다. 주변 사람들을 만나서 이야기를 하다 보면 중년을 넘어서며 김밥을 언제 쌌는지 까마득하다는 소리를 가끔 듣는다. 짜장면을 먹고 싶어도 시킬 수가 없다고 말하는 이도 있다. 혼자 먹자고 김밥을 싸기도 그렇고 해서 김밥은 그냥 사 먹는데 짜장면은 한 그릇을 배달시키기가 미안해 포기하고 만다고 한다.

딸아이는 통합교육을 위해 가까운 거리의 초등학교로 보냈다. 통합교육이란 장애인과 비장애인이 함께 공부하는 것을 말한다. 나는 아이가 다른 애들과 똑같은 조건에서 공부할 수는 없지만, 또래들을 통해 자극을 받아 배우고 성장하기를 바랐다. 생각했던 대로 되지는 않았다.

우여곡절을 겪으며 겨우 초등과정을 마치고 중학교부터는 특수학교로 보냈다. 한 시간 가까이 걸리는 이웃 도시 청주에 있다. 그곳에는 딸애와 같은 지적장애가 있는 아이도 있고, 자폐성 장애가 있는 친구들도 많았다. 또한, 시설에서 온 아이도 있어서 관심을 가지고 살펴보았지만, 특별히 도움이 필요하지는 않았다.

특수학교에 입학하고 첫 번째 소풍을 맞게 되었다. 나는 아이의 담임 선생님께 전화를 걸어 혹시 도시락을 싸기 어려운 아이가 있는지, 시설에서 온 아이는 몇 명인지 물었다. 그 이후 소풍 때면 으레 도시락 싸기 어려운 같은 반 아이들의 것은 내가 도맡았다. 몇 해 그래왔다.

고등학교 1학년 봄 소풍 때다. 선생님께 전화를 드렸더니 이번엔 한 아이 것을 부탁하셨다. 그 아이는 엄마가 아이와 같은 지적장애여서 미리 소풍 전날 전화를 드리지 않으면 도시락을 챙겨오지 못한다는 것이다. 선생님께 내가 쌀 테니 걱정하지 말고 그 아이 부모님께는 이야기하지 말아 달라고 말씀을 드렸다. 반기면서 고맙다고 하신다.

딸아이는 친구들을 챙기고 같이 나눠 먹는 것을 즐긴다. 소풍과 수학여행 가는 것을 제일 좋아한다. 날마다 그날을 손꼽아 기다리는 것이 일상이 되었다.

기다리고 기다리던 소풍날이다. 아이는 신이나 어쩔 줄 몰라 한다. 전날부터 김밥 쌀 거라며 온 동네에 자랑을 늘어놓는다. 그 이야기를 듣고 아침에 등교할 때마다 만나는 아랫집 아저씨가 아이에게 김밥 먹고 싶다고 우스갯소리를 하면 절대로 안 준다고 한다. 그런 딸애가 선생님과 친구의 도시락은 싸 달라고 한다. 매년 챙기다 보니 당연하게 생각하나 보다.

소풍 당일 새벽 4시에 일어나 김밥을 준비한다. 도시락을 싸랴, 아이 등교 준비하랴, 나도 같이 나서려면 정신없이 바쁘다. 나만의 메뉴로 채소 김밥과 멸치 김밥, 어묵 김밥 등 재료를 지지고 볶아 정성을 다했다. 한쪽에 과일도 예쁘게 담았다. 사랑의 도시락이 드디어 완성되었다. 풍성해 보인다. 내 아이만 생각하면 채소 김밥이면 족하다.

나는 아이와 아이 친구를 태우고 일곱 시 반쯤 학교로 향했다. 한껏 들떠 있는 아이는 학교에 도착하자마자 교실로 뛰어 들어가며 만나는 사람마다 도시락 자랑을 늘어놓는다.

잠시 후 딸아이는 해맑게 웃으며 도시락 가방을 메고 잘 갔다 온다는 인사를 하며 차에 오른다. 나는 소풍을 떠나는 아이를 보며 손을 흔든다. 차가 안 보일 때까지 손들어 배웅해주는 것을 좋아하기 때문이다.

아이들을 보내고 나서 학부모 몇 명과 함께 근처 산성으로 향했다. 그늘에 돗자리를 펴고 이런저런 이야기를 풀어놓는다. 부모로서 서로의 고민을 공유하며 오늘만큼은 우리끼리의 소풍도 즐긴다. 아이들 키우며 받은 스트레스를 날려버리려는 듯 수다스럽다. 나는 그녀들의 몫까지 준비한 도시락을 내어놓았다. 어제 담근 겉절이까지 함께 펼쳤다. 맛있게 먹는 모습에 내가 더 신이 난다. 돌아오는 발길이 흥겹다.

소풍을 다녀온 후, 선생님께서 전화를 주셨다. 아이들과 정말 맛있게 잘 먹었다며 고맙다고 하신다. 그 말을 들으니 피곤함도 잊을 만큼 행복하다.

2015년 '부정 청탁 및 금품 등 수수의 금지에 관한 법률' 일명 '김영란법' 제정으로 다음 해부터 더는 도시락 같은 것은 학교에 가져갈 수가 없게 되었다.

이대로만

열일곱, 사춘기가 왔나 보다. 밝고 명랑하던 아이가 요즘 자꾸만 뒤로 숨는다. 아직 사는 맛보다는 순수 그 자체가 더 어울리는 나이지만 또래 아이들보다 한참이 늦되어 어린아이 같다. 그렇지만 내겐 세상 누구보다 어여쁘고 천사 같은 딸이다.

또래 아이들에 비해 늦은 감이 있지만 그래도 할 것은 다 한다. 만나는 사람마다 재잘재잘 애교를 부리고 부끄러움도 타는 것이 영락없이 사춘기 소녀다. 학교 선생님들 사이에서 '부녀회장'으로 통한다.

친화력이 좋고 흥도 많다. 자주 오는 학부모의 얼굴을 알고 있다. 학부모를 만나면 "○○이모, 안녕하세요." 먼저 인사를 하고, 딸애를 미처 못 보고 지나치면 큰소리로 "○○이모." 부르며 달려오기도 한단다. 어떨 때는 한발 앞서 선생님께 "○○엄마 왔어요." 방문 사실을 알리기도 한다. 친구들은 누가 왔는지, 결석은 했는지, 스쿨버스는 탔는지 다 꿰고 있다. 그래서 선생님이 우리 아이에게 애들 상황을 물을 때도 있다. 오지랖이 넓다. 활달한 성격에 친구들과 선생님을 좋아하는 우리 아이….

그런 아이가 달라진 것이다. 그동안 학교 얘기를 곧잘 하더니 요즘은 부쩍 말수가 적어지고 무엇을 물어도 조용히 하란다. 뾰로통한 얼굴로 고개를 숙이고 구석으로 가 얼굴을 벽에 대고 한참을 서 있다가 기분이 풀려야 말을 한다. 왜 그러지? 어느 날은 학교 버스에 동승하는 같은 학교 오빠가 자꾸 볼에 뽀뽀를 해서 싫다고 야단이다.

"그럴 땐 싫어! 라고 말해야 해."

나는 그 상황에 대처하는 방법을 일러주었다. 늘 따라다닐 수는 없어서 학교 버스 실무원 선생님께 아이가 했던 말을 전하며 좀 더 주의 깊게 살펴 달라고 당부를 드렸다. 딸에게도 반복해서 단단히 일러주었더니 이해를 했는지 똑똑하게도 선생님께 말해 그 상황을 벗어났다고 한다. 그래도 아이는 버스 타는 것이 마냥 좋은지 데리러 학교로 오지 말고 꼭 오창의 학교 버스 정류장으로 오라고 한다. 아이는 이렇게라도 고민거리를 계속 만들어 주며 나를 적당히 긴장시키고 살아갈 힘을 주는 것인지도 모른다. 사춘기를 맞은 우리 아이가 성숙해 가는 모습을 보며 한편으로는 걱정이고 또 한편으로는 웃음 짓게 만든다.

수년째 염색체 이상으로 병원을 오가며 아이가 커가는 과정을 관찰하는 중이다. 처음에는 사춘기가 안 올 수 있다고 했다. 그렇게 되면 호르몬 치료를 병행해야 한다는 설명도 해준다. 열여덟, 어느 날 의사 선생님이 사춘기가 오고 있으니 호르몬 치료를 하지 않아도 된다고 한다. 다행이다. 축하한다는 말과 함께 의사는 아이가 잘 크고 있으니 별다른 증세가 없으면 이제 병원에 오지 않아도 된다고 한다. 기분이 날아갈 것 같았다. 얼마 전 재발하지 않으면 뇌전증 약을 먹지 않아도 된다고 해서 뛸 듯이 기뻤는데 사춘기도 온다니 뒷바라지한 보상을 받는구나 싶었다. 더군다나 병원 가는 것을 또 하나 줄일 수 있어 행복하다.

이 아이도 다른 사람과 똑같이 성장 과정을 거치는구나. '중2병'이 무서워서 북한에서 쳐들어오지 않는다는 우스갯소리가 떠돌 정도로 격한 사춘기를 겪는 아이들이 많다. 부모들은 아이들이 사춘기에 접어들면 힘들다고들 하는데 나는 이렇게 기쁠 수가 없다. 달거리를 하면 좀 번거롭겠지만 나에게도 아이에게도 분명 축복이다.

딸과 둘이서 병원에 다니는 것이 버거울 때가 많았다. 단둘이만 가면 머리채나 핸들을 잡아당기는 등 운전 방해를 해서 자가용으로는 갈 수가 없었다. 먼 거리는 대중교통을 이용했다. 검사를 받기 위해 먹인 최대량의 수면제로 축 늘어진 아이를 업고 서울대학교병원에서 동서울 버스터미널까지 오기를 수차례다. 어떤 날은 말하지 않아도 주변 사람들이 포대기를 구해다 주기도 했다. 그도 그럴 것이 작은 체구인 내가 수면제에 취해 잠들어 있는 30kg이 넘는 아이를 업거나 안고 있는 모습이 불안해 보였을 것이다. 그랬던 내게 이제는 병원에 오지 않아도 된단다.

돌아오는 발걸음이 새털처럼 가볍다. 지금처럼 건강하고 밝은 모습 이대로만 컸으면 하는 바람이다. 지금은 비록 사춘기지만 지나가는 바람처럼 무난하게 넘기고 예전의 밝고 명랑한 모습으로 돌아오리라 믿는다.

특별한 가을 운동회

갓 밝아 오는 이른 아침부터 나갈 채비를 하느라 정신이 없다. 아이가 며칠 전부터 손꼽아 기다리던 운동회 날이다. 진천에서 청주로 통학하는 딸은 거리가 멀어 일찍 나서야 하기에 준비를 서둘렀다. 남편도 바쁜 시간을 쪼개서 같이 가기로 했다. 출발하기 전 날씨가 걱정되어 밖을 내다보니 하늘이 푸르다. 제법 쌀쌀한 것이 완연한 가을이다. 7시 20분, 도톰한 외투를 걸쳐 옷깃을 여미고, 남편과 아이랑 집을 나섰다. 가는 길에 같은 학교에 다니는 아이 친구까지 태우고 청주 혜원학교로 향했다.

아이 친구 집에서 45분 정도 달려 학교에 도착했다. 생각보다 이른 시간인데도 선생님들은 운동회 준비를 하느라 분주하다. 아이들을 교문 안으로 들여보내고 우리는 학교 밖에서 설레는 마음으로 운동회가 시작되기를 기다렸다.

이 학교는 영화 '말아톤'의 주인공 '초원이' 같은 아이들이 다니는 곳이다. 지능은 낮지만 어느 누구보다 맑고 순수한 영혼을 지니고 있다. 영화 속 주인공이 '나는 달릴 때가 가장 행복합니다.'라고 말하는 것처럼 그림 그리기나 인라인스케이트, 노래 등 자기가 좋아하는 부분에서는 타의 추종을 불허할 만큼 열정적인 친구들도 있다. 그때만큼은 행복해한다. 비장애인 아이들보다 수백 배 더 연습해야만 한 가지를 겨우 할 수가 있기에 남다른 노력이 필요하다. 그렇게 밥 먹듯 반복적으로 연습하여 준비한 땀의 결과를 보여 주기 위해 2년에 한 번 운동회가 열리는 날이니 더 뜻깊다.

아이들을 태운 학교 버스가 들어오고, 자선공연을 위한 팀도 속속 도착했다. 드디어 가을 운동회가 시작되었다. 첫째 마당은 '아이신 난타' 팀의 초청공연으로 막을 올렸다. 아이들로 구성된 난타 팀의 신나는 공연이 모든 이들에게 흥을 돋워준다. 공연이 끝나고 개회식을 한 후 경기가 시작되었다.

장애물 달리기와 100m 달리기 등 운동회 종목은 다른 학교와 비슷하다. 그러나 경기하는 모습은 사뭇 다르다. 우리 아이가 속한 고등부의 100m 달리기만 봐도 그렇다. 휠체어에서 내려 겨드랑이에 손을 껴 부축을 받으며 걷는 아이, 달리기 선을 따라가도록 선생님과 같이 손잡고 뛰는 아이, 달리라고 신호를 해도 달릴 줄 몰라서 서 있다가 다른 친구의 뛰는 모습을 보고 움직이는 아이도 있다. 뒤에서 받쳐 주는 힘으로 겨우 걷는 아이, 달리다가 멈춰 서서 학부모들에게 손을 흔들다 "어서 뛰어!"라는 소리에 다시 뛰는 아이 등 다양하다. 모든 아이는 경기가 끝날 때까지 선생님과 힘을 합쳐 완주한다. 일반적인 시각에서 보면 우스운 모양새지만 누구 하나 이상하게 생각하지 않는다.

우리 아이의 차례가 되었다. 나는 아이보다 더 신이 나 빨리 달리라고 소리를 지르다가 아이가 끝까지 뛸 수 있도록 옆에서 함께 뛰었다. 남의 시선은 개의치 않았다. 포기하지 않고 완주한 아이를 보니 대견하다. 엄지를 치켜세우며 잘했다고 칭찬을 아끼지 않았다. 내가 일등을 한 것보다 더 기뻤다.

운동회의 꽃은 청백 계주다. 마치 내가 출발 선상에 섰을 때처럼 긴장되고 가슴을 졸였다.

"출발!"

호루라기 소리와 동시에 아이들이 내달렸다. 부모들은 아이들 이름을 하나하나 부르며 박수와 환호를 아끼지 않았다. 내가 달리듯 더 흥분되었다.

다음은 선생님과 부모들의 계주다. 부모 대표로 뛰는 사람 중 가장 연장자인 나도 한몫을 했다. 떨리는 마음으로 순서를 기다린다. 드디어 내 차례, 나는 누가 볼세라 두 주먹을 불끈 쥐며 달리기 자세를 취했다. 달려오는 내 편에게서 바통을 받아 들자마자 나는 힘껏 달렸다. 하지만 앞서가는 마음과는 달리 따라잡지 못하고 다리는 휘청거린다. 이겨야겠다는 욕심을 조금 덜어내니 안정적으로 달릴 수 있었다. 끝까지 뛰어 바통을 넘겼다. 비록 앞서가는 사람을 따라잡지는 못했지만, 넘어지지 않고 뛸 수 있었다. 달리기를 마친 후 학부모 석으로 돌아오는데 "아직 죽지 않았어!"라며 응원을 해주는 남편 덕에 어깨가 으쓱 올라간다.

첫째 마당이 끝나고 점심을 먹은 후 둘째 마당이 시작되었다. 장기자랑 시간이다. 먼저 젊은 남자 선생님들의 귀여운 댄스를 시작으로 여선생님들도 합세해 일명 5기통 춤을 익살스럽게 추어댄다. 배꼽을 잡고 웃었다. 선생님들의 순서가 끝난 후, 초등생들이 준비한 장기자랑이 코믹하게 꾸며져 웃음을 자아낸다.

다음 순서가 되자 가수 한 명과 백댄서 두 명이 사람들 앞에 섰다. 검은 선글라스를 멋지게 쓴 모양새로 보아 아이돌인가 보다. 그런데 뭔가 이상하다. 열심히는 부르지만 무슨 노래를 부르는지 웅얼웅얼한다. 보니 이 학교 학생이다. 그래도 끝까지 부르는 모습이 열정적이다. 장기자랑을 하기 위해 이 아이들은 얼마나 연습했을까? 수백 번도 더 서로 맞추며 연습에 연습을 했을 것이다. 잘 끝마쳤다는 안도감에 나도 모르게 가슴을 쓸어내린다. 우린 가르친 선생님들과 아이들에게 힘껏 박수를 보냈다. 한바탕 웃음으로 장기자랑을 마쳤다.

마지막 순서는 체험활동이다. 민속놀이, 포토존, 네일아트와 페이스페인팅, 인바디 검사, 물풍선 던지기, 솜사탕과 팝콘 먹기, 림보 등 다양하다. 즐겁고 자유롭게 즐기는 체험활동을 끝으로 운동회가 끝났다.

맘껏 소리 내어 웃었던 하루였다. 행복하다. 풍요로운 가을이 주는 선물 같은 아주 특별한 운동회에 함께 할 수 있어서 더 즐거웠다.

이 아이들에게도 즐거운 추억으로 남겠지. 아니 기억해 낼 수 있을까.

허물벗기

따가운 햇볕이 정수리에 꽂힌다. 온종일 종종대며 움직이다 보니 땀에 젖어 옷이 달라붙는다. 어느새 얼굴은 용광로처럼 벌겋게 달아올랐다.

남편은 시원한 냉면이나 먹자고 한다. 일을 마치고 들어오는 길에 장 본 것을 집에 두고 갈 요량을 하고 엘리베이터를 탔다. 승강기 문이 열리자 현관문에 붙어 있는 메모지가 눈에 들어온다. '뭐지?' 택배를 경비실에 맡겼다는 것이다. 얼른 경비실로 걸음을 옮겼다.

'부모님께 보내는 장정 소포'라는 문구가 가장 먼저 눈에 들어온다. 가슴이 콩닥콩닥 뛰었다. 떨리는 손으로 상자를 열었다. 허물을 벗듯 벗어 넣은 속옷에 양말, 아들의 온기까지 고스란히 담겨 있다. 그 속에 한 자 한 자 꾹꾹 눌러쓴 아들의 편지가 들어 있다. 눈물이 핑 돈다. '오랜만에 엄마 · 아빠 손도 잡아보고 한 번씩 안아봤던 게 제일 좋았어요. 이제야 내가 진짜 군인이 되는구나 새삼 깨달았던 것 같아요.'라 말한다. 이제 군대에 왔으니 잘 참고 훈련을 무사히 완수하겠다는 각오도 전한다. 진정한 남자로 거듭나겠다는 의지가 엿보인다.

아이들 사이에서 군대에 가는 것이 수능보다 더 힘들다는 말이 있다. 어떤 아이는 6번 탈락 끝에 갔다는 말을 들었다. 우리 아이도 지난해부터 지원했지만, 세 번 탈락하고 안 되겠는지 비교적 지원이 적은 최전방 수호병으로 신청하게 되었다. 군대 갈 요량으로 휴학까지 해 버렸기 때문에 더욱 마음이 초조해서 빨리 갈 수 있는 곳으로 지원하게 된 것이다. 그 과정도 1차 서류를 통과하고, 병무청에 가서 2차 면접을 통해 드디어 입영 통지를 받게 되었다.

입대 전날 아들은 잠을 잘 못 이루는 듯했다. 낯선 환경에 가서 생활해야 하는 부담이 불안감으로 밀려오나 보다. 나도 마찬가지로 걱정이 되었지만, 아들이 심란해할까 봐 마음을 다잡고 있었다.

드디어 입대하는 날, 아들은 늦게 잠이 들었는지 빨리 잠을 떨치지 못했다. 겨우 일어나 세수를 하는 둥 마는 둥 하고 서둘러 집을 나섰다. 인제까지는 거리가 멀어 빨리 나설 수밖에 없었다.

3시간 정도 걸려 마침내 부대가 보인다. 입구에서 아들은 마음을 다잡은 듯 "군대 잘 다녀오겠다."라는 인사를 하고 휴대폰을 내게 넘긴다. 나는 떨리는 마음으로 부대 안으로 들어서면서 이 순간을 잊지 않으려고 가족사진을 먼저 찍었다. 몇 발자국을 옮기니 입영문화 행사장으로 가는 길 안내와 함께 '어부바길'이 나타난다. 이

길은 입영 장정이 입대하기 직전 엄마를 업고 가는 길이다. 아들은 제법 무게가 나가는 나를 업더니 씩씩하게 걸어 들어간다. 뭐라 말을 할 수 없이 기분이 이상하다. 마음도 복잡하다.

어부바 길을 지나 행사장으로 들어갔다. 오늘 아들 앞에서 울지 않고 담담하게 보내리라 마음속으로 다짐을 했다. 앞에서 사회자의 진행에 따라 부모가 나와 자기의 아들에게 당부의 말을 남기기도 하고 여자 친구가 나와 뭐라 말하지만, 귀에 안 들어온다. 잠시 후 사회자가 아들의 손을 잡으란다. 나는 아들의 손을 꼬옥 잡았지만, 얼굴을 바라볼 수가 없어 고개를 돌렸다. 당장 눈물이 봇물 터지듯 쏟아질 것 같았다.

행사장을 나오자마자 아들은 손을 놓지 않으려는 내게 잘 갔다 오겠다는 말을 남기고 연병장으로 향한다. 비로소 뜨거운 액체가 볼을 타고 흐른다. 아들을 생각하면 마음이 아프다. 커가는 동안 아픈 동생에게 무조건 양보하라 했다. 이해하란 말을 수도 없이 들으며 성장했다. 남편은 못난 부모의 다스리지 못한 화를 아들에게 풀어 가슴에 생채기를 낸 것이 마음에 걸린다고 한다. 그래도 탈없이 잘 자라 이렇게 건장한 모습으로 내 앞에 서 있는 것이 대견하다.

입소식이 끝나고 장정들이 우리 앞을 지나간다. 행렬이 지나간 뒤 조금이라도 더 보고 싶은 마음에 우리는 아들을 향해 이름을 부르며 내달렸다. 아들은 그런 우리에게 안심시키려는 듯 손을 흔들어준다.

입영 장정 소포를 받고 보니 의젓하게 들어가던 아들의 모습이 새삼 떠오른다. 품 안의 자식은 이렇게 또 한 번의 허물벗기를 통해 어른이 되어 가는가 보다.

우리 집 달력

3월을 앞둔 월요일 오후, 휴대폰이 울렸다. 낯선 목소리가 들린다.

"어머니, 안녕하세요. 저는 올해 담임을 맡게 된 L입니다. 현이는 3학년 1반입니다."

조용하지만 힘 있는 목소리로 자신을 소개한다. 처음 듣는 목소리라 새로 오셨냐고 물었더니 지난해에 와서 중학 과정을 담당했단다. 고등과정인 우리 아이들을 잘은 모르지만, 이야기는 들었다고 한다. 잘 부탁드린다는 말로 인사를 맺는다.

아이의 봄방학이 끝날 때가 되니 나도 모르게 긴장이 된다. 새 학기가 되면 딸아이는 담임 선생님과 낯섦에 적응해야 하기 때문이다. 올해는 어떤 분이 담임 선생님으로 오실까. 어느 아이와 같은 반이 될까. 새 학기가 가까워지면 새로 담임을 맡은 선생님께 전화가 올 때를 기다리며 수시로 휴대폰을 들여다본다. 특수학교 학부모들이 겪는 일이다.

3월, 새 학기가 시작되면 아이들은 여느 학교와는 사뭇 다른 특별한 적응 과정을 거친다. 이를테면 새 학기 증후군 같은 것이다.

교실이나 선생님이 바뀌면 평소에 하지 않던 돌출 행동을 한다. 아이 중에는 선생님이 남자라 마음에 안 든다, 예쁘지 않다며 학교에 안 가려는 경우도 있다. 무언가 마음에 들지 않으면 아프다는 핑계를 대기도 한다. 이럴 때는 대책이 없다. 설득도 안 통한다. 딸애도 마찬가지다. 선생님이 반갑게 인사를 건네며 팔을 벌려 안아주려 하면 "싫어" 한다. 새침데기 소녀처럼 쌩 찬바람을 일으키며 돌아선다. 옆에 있는 내가 무안할 정도다. 서로 알아가는 과정이 며칠은 더 걸릴 것 같다. 매년 상급반으로 같이 진급을 하지만 아이들끼리도 서로 좋아하는 친구와 반이 갈리면 힘들어한다.

올해는 유난히 더 그러한 것 같다. 지난해에는 아침에 일어나면 학교 갈 준비를 했다. 농담 삼아 "힘들면 학교에 가지 않아도 돼." 라고 하면 학교에 갈 거라며 펄쩍 뛰곤 했다. 그랬던 아이가 "아퍼, 아퍼!" 하며 갑자기 내 손을 자기 이마에 갖다 댄다. 아파서 학교에 못 간다는 것이다. 그리곤 "○○이 없어" 하며 슬픈 표정을 짓기도 한다. 활달한 아이가 며칠째 시무룩하다. 학교에서도 마찬가지란다. 좋아하는 친구가 이번에는 같은 반이 안 됐다. 더군다나 그 애는 학교에 오지 못하고 있다. 신장이식 수술을 받고 퇴원은 했지만, 감염이 염려되어 당분간 등교를 미룬 상태다.

그 친구와 같이 학교에 다닐 때는 교실에서 하루 종일 보고 또 무슨 할 말이 그리 많은지 하교 버스에서 내려 내 차에 옮겨 타자마자 전화를 거는 일이 다반사였다. 그렇게 좋아하는 단짝 친구를 석 달째 못 보고 있다. 그러니 얼마나 그립겠는가. 아이가 병이 났다. 전날 아무렇지도 않았는데 갑자기 열이 난다. 아마도 그 아이를 보지 못해서일 게다.

오늘도 어김없이 전화를 걸어

"○○이 바꿔 주세요. ○○아! 보고 싶어 빨리 와."

"아파?"

"사랑해!"라는 고백으로 시작한다. 하루에도 수십 번 소풍과 수학여행 가고 싶다는 이야기를 되풀이하며 다른 친구들의 소식도 간간이 전한다. 같이 놀고 싶으니 빨리 학교에 나오라는 것이다. 일 년 삼백육십오 일, 같은 유형으로 반복한다.

그 애는 말은 어눌하지만 나름대로 자기 이야기를 하고, 또 딸애는 자기가 하고 싶은 말만 한다. 동문서답이다. 비록 비장애인이 듣기엔 제대로 된 대화는 아니지만 그래도 저희끼리는 서로 통하는 부분이 있는지 깔깔거리며 즐거워한다. 옆에서 웃고 떠드는 모양새를 보고 있으면 웃음이 절로 난다.

딸애는 한동안 힘들어하더니 그 친구가 학교에 못 온다는 사실을 받아들이는 것인지, 얼마 전보다는 많이 나아졌다. 전화할 때마다 영상통화로 마음을 달래고, 빨리 학교에서 만나길 갈망한다.

그 애 엄마는 4월에는 학교에 갈 거라며 우리 아이를 달랜다. 그 말을 듣고 나서부터 내내 기다린다. 어느 날 달력 앞으로 가더니 4월이 언제냐고 물었다. 그리곤 그달로 넘겨놓으란다. 그래서 우리 집 달력은 지금 4월이다. 얼마나 기다려야 하냐고 매일 묻는 버릇이 하나 더 생겼다. 그때가 되면 좋아하는 친구가 온다며 똑같은 말을 되뇐다. 좀 더 긴 시간을 힘들어할 줄 알았는데 이쯤에서 안정을 찾아가니 마음이 놓인다. 다행이다.

꽃처럼 활짝 웃으며 잘 이겨내는 딸애가 대견스럽다. 한층 성숙해 가는 딸아이가 사랑스럽다.

고추잠자리

보강천 미루나무 숲에 자리를 잡고 앉았다. 하늘을 올려다보니 참 맑다. 얼마나 맑고 깊던지 금방이라도 푸른 물이 쏟아질 것 같다. 파란 하늘에 하얀 구름과 나무, 바람까지 쌩쌩이 날아다니는 잠자리 떼를 돋보이게 한다. 한 폭의 그림을 감상하듯 가을 색감이 아름답게 느껴진다. 잠자리가 미루나무 숲의 청량한 바람을 따라 너울너울 춤추고 있는 모습에 잠시 어린 시절의 나를 떠올린다.

유년 시절 수줍음을 많이 탔다. 말수가 없고 소극적인 성격이었지만 사내애들과 어울려 남자아이들 놀이를 주로 하곤 했다. 나와 놀아준 소꿉친구는 육촌과 일가친척 동생들이다. 우리 동네는 내 또래의 여자아이가 딱 한 명밖에 없었다. 그 친구는 나보다 먼저 학교에 입학을 해서 동급생들과 어울렸고 나와 같이 놀지는 않았다. 그 친구 외에는 또래가 없었기 때문에 동생들 사이에 끼여서 놀았다.

들녘에 농부의 땀을 먹고 자란 곡식들이 노랗게 익어 갈 이맘때쯤 밖으로 나가면 고추잠자리가 많이 날아다닌다. 잡을 수 있을까. 사람이 있음을 아는지 달아나던 고추잠자리가 다시 날아들면 살금살금 다가가 재빠르게 낚아챘다. 그리곤 날개를 잡아 검지와 중지 사이에 끼워 아이들에게 자랑스럽게 흔들어 보이고는 하늘을 향해 날려주곤 했다. 고추잠자리와의 만남은 호기심에서였다.

그런데 이즘 밖에 날아다니는 잠자리를 보면 쌍쌍이다. 사랑의 계절인 걸 애들도 아는가 보다. 풍요로운 계절이라 마음까지 넉넉하니 사랑이 찾아온 것일 게다. 내 경우가 그랬다. 언니의 힘든 결혼생활을 보고 가정을 꾸린다는 것에 부정적인 생각을 가졌다. 그러나 그것도 잠시였다. 친구들이 하나둘 가정을 이루어 행복해하는 모습을 보니 부러웠다. 경제적으로도 조금의 여유가 생기고 결혼이라는 것을 꿈꾸었다.

한 남자를 만나 사랑을 하게 되었고, 소중한 아들딸이 생겼다. 건강하게 태어난 아들은 큰 탈 없이 잘 자라 군대에 갔다. 제법 사내다운 면모를 드러내며 제 역할을 다하고 있는 아들이 대견하다. 전화로 군 생활을 잘하고 있으니 걱정 말라고 오히려 나를 안심시킨다. 부모 생각도 할 줄 아는 건강하고 따뜻한 품성을 가진 아이로 성장했다. 아들을 생각하면 절로 어깨에 힘이 들어간다.

예쁜 딸로 내게 온 둘째는 지금 수줍음 많은 열아홉 여고생이다. 요즘 아이는 화장대 앞에서 몰래 화장을 하고, 내게 달려와 안긴다. 붉은 립스틱을 바르고 하얀 이를 드러내며 웃어 보이는 아이가 천진스럽다. 특히 레이스 장식이 달린 옷과 치마를 좋아한다. 예쁘게 치장하며 멋 내기 좋아하는 것을 보니 사랑이 찾아올 나이가 되었나 보다.

아직은 영글지 않은 풋풋한 사과 같지만 햇살과 바람, 농부의 정성으로 발갛게 사과가 익어가듯 참사랑을 익혀갔으면 좋겠다. 아들딸의 행복한 미래를 상상하며 미소 짓는데 머리 위로 한 쌍의 고추잠자리가 빙빙 맴을 돈다.

딸아이와 함께 크는 엄마

돌을 얹어 놓은 듯 가슴이 답답해 나도 모르게 눈물이 났습니다. 텔레비전에서 홀로 장애아를 키우는 아버지의 애환을 그린 이야기를 보고 나니 더 그렇습니다.

그는 생계를 위해 어쩔 수 없이 지적장애 1급인 아들을 첫째 딸에게 맡기고 직장을 나가야 했습니다. 두 아이를 키우기 위해 돈을 벌어야 했겠죠. 방치된 아이는 점점 더 퇴행이 심해졌습니다. 그 애의 돌발 행동에 누나마저 감당할 수 없게 되었고, 급기야 집을 나가 음식물 쓰레기를 먹고 산다는 소식을 접하게 되었던 것입니다. 안타까움에 가슴이 먹먹했습니다. 먼 산을 바라보며 한숨만 쉬는 그분을 보니 남의 일이 아니었습니다. 장애가 있는 부모로서 십분 이해가 되었습니다.

우리 아이도 초등학교에 들어가기 전까지 잘 걷지도 못하고 많은 날을 병원과 치료센터를 오갔습니다. 그런 날들이 있었기에 초등학교에도 입학을 할 수 있었습니다.

렌즈가 두꺼운 안경을 쓰고, 키 1m도 채 안 되는 왜소한 체격으로 통합교육을 위해 근처 초등학교에 입학하던 날입니다. 그렇게 작고 애기 같은 딸애가 어떻게 학교에 다닐까. 걱정이 앞섰습니다.

입학을 위한 준비 과정도 쉽지는 않았습니다. 입학 전 학교에 상담을 받으러 가니 특수반에는 생각보다 장애 학생들이 많았고, 특수교사 혼자서 감당을 하고 있었습니다. 신변처리가 원활하지 않은 우리 아이를 살펴줄 전담 실무원 선생님은 없었습니다. 옆 학교도 사정은 마찬가지였습니다. 여러 방면으로 알아봤지만, 도시에 비해 교육 환경이 열악했습니다. 하여 2005년 교육 환경 개선을 요구하는 국민청원을 넣어 도교육청으로부터 우리 아이를 전담해 줄 실무원을 채용하겠다는 약속을 받아냈습니다.

드디어 입학했습니다. 처음엔 한 음절로도 자기 의사 표현이 어려웠고 질문에는 동문서답하듯 서로 대화조차 어려울 지경이었습니다. 대소변도 제대로 가리지 못해 대변이 바짝 마른 상태로 하교하는 일도 있었습니다. 아이가 불편함을 표현하지 않았기 때문에 아마 몰랐을 수도 있습니다.

심장 수술과 눈 수술을 통해 좀 더 나은 학교생활을 하고자 정기적으로 병원에 다니며 몸 관리를 해 오던 중 뇌전증이 발병하여 더욱 많은 약과 치료를 병행해야 했습니다. 그런 와중에도 열심히 학교생활을 하였습니다.

어느 날은 하교하는 다른 아이들을 따라가서 딸애 행방이 묘연

했습니다. 소식을 듣고 사방팔방으로 찾고 있는데, 같은 학교 6학년 애들이 혼자 서있는 아이를 발견하고 이상하게 여겨 학교로 데리고 와 주었습니다. 얼마나 고마웠는지 모릅니다. 학교 앞 문구점 주인이 하교 시간 전에 나온 아이를 발견하면 다른 곳으로 못 가게 붙잡고는 전화로 알려주는 일도 몇 번 있었습니다. 이렇게 고마운 사람들이 많았지만 그렇지 못한 친구들도 있어서 힘이 들었습니다.

아이는 또래와 소통이 원활하지 않아 친구들과는 어울리지 못했습니다. 학교에 안 가겠다고 데굴데굴 구르는 아이를 번쩍 안아서 희망반이라는 특수반 교실에 들여보내고 돌아서 나오는 날이 점점 늘어 갔습니다. 아이가 말을 못 해 이유를 모르니 답답하기만 했습니다. 아이 머릿속을 열어 보고 싶다는 생각이 들 정도였습니다.

학교 밖에서는 어엿한 이름이 있는데도 같은 반 친구가 "어이, 꼬마 장애인"이라 놀리듯 불러 깜짝 놀랐습니다. 제가 나서서 "얘도 이름 있는데 친구를 그렇게 부르니?"라고 나무라면 "얘는 장애인이잖아요. 맞는데 왜요?"라고 말합니다. 제가 엄마라는 것을 아는데도 말입니다. 기가 막힙니다. 또한 아이의 가방을 밟기도 하고, 숨기는 일도 있었다고 전해 들었습니다. 괴롭히는 행동을 실제로 하는 친구도 있었습니다. 이런 상황을 맞닥뜨릴 때 아이보다는 교육을 잘못한 어른들의 탓이라는 생각이 먼저 들어야 하는데 그냥 화부터 납니다.

'아, 이게 바로 현실이구나!' 절실하게 느꼈습니다. 표현은 못 해도 아이는 또 얼마나 힘이 들었을까요. 그때서야 아이가 학교에 안 가겠다고 몸부림친 이유가 있을 거라는 생각이 들었지만 말 전달이 안 되니…. 지나고 보니 그런 날 유독 이상행동을 더 보였던 것 같습니다.

그렇게 우여곡절을 겪으며 아이는 초등학교를 간신히 마쳤습니다. 남들은 초등학교 졸업이 대수롭지 않게 여겨질 수도 있겠으나, 아이가 무사히 한 과정을 통과했다는 자체만으로도 대견하고 감사한 마음이었습니다. 초등학교 졸업장을 들고 온 아이를 꼭 끌어안으며 다시 한번 나를 추슬렀습니다. '그래 이렇게 한고비 넘겼으니 또 한고비를 시작해 보자'

아이는 이런 엄마 마음도 모른 채 천사 같은 미소로 방글거렸습니다. 늘 행복한 미소로 나를 바라봐 주는데 정작 나는 힘든 표정으로 아이를 보는 것은 아닌가. 인생은 자신이 감당할 만큼의 시련을 준다고 합니다. 시련을 주셨으면 극복할 힘도 주셨겠지 마음을 다잡기로 했습니다.

발달장애가 있는 아이 엄마들을 보면 매일매일 전쟁을 치르는 병사 같습니다. 날마다 사건 사고가 끊이질 않고 늘 긴장을 하며 삽니다. 아이들이 다치지 않고, 친구들과 부딪치지 않고, 아무 말 없이 사라져 온종일 찾아다니지 않기를 간절히 바라면서 하루하루를 보냅니다. 같은 아픔을 지닌 엄마들은 대부분의 일을 같이 고민

하고 함께 해결하려고 노력합니다.

나는 딸이 태어나기 전까지는 사회적 약자를 잘 알지도 못했고, 보려 하지도 않았습니다. 나와 상관없는 남의 일이었죠. 아이가 태어난 후, 딸아이를 통해서 많은 것을 알게 되었고 남을 배려하고 함께하는 방법을 배우게 되었습니다. 지금은 기회가 주어진다면 내 손을 필요로 하는 곳은 마다하지 않고 달려가 그들과 함께하려 노력합니다.

해맑은 웃음으로 매일 사랑 고백을 하는 딸애의 모습을 보면 입가에 절로 미소가 머뭅니다. 특수학교로 진학을 한 아이는 요즘 선생님, 친구들과 어울리며 학교생활에 푹 빠져 삽니다. 사랑스러운 눈망울로 학교에서 있었던 일들을 자신만의 언어로 끊임없이 재잘재잘 이야기를 해댑니다. 그 모습을 바라보니 딸이 정말 많이 컸구나! 새삼 느낍니다. 고맙게도 씩씩하게 잘 자라주어 별 탈 없이 진급하는 딸이 대견스럽습니다. 오늘은 내가 먼저 학교에서 돌아오는 아이를 꼭 끌어 안아주며 사랑한다고 고백을 하렵니다.

"현아. 사랑해!"

미소 천사

작은 아이가 일곱 살 때이다. 어느 날 갑자기 열 경기를 했다. 잠들기 전에는 감기 기운이 있거나 아파 보이지는 않았다. 평소와 다름없이 밥 잘 먹고 잠자리에 들었다. 나는 아이를 재우고 거실에 앉아 바느질하고 있었다. 그때 갑자기 벽에 부딪히는 소리가 들렸다. 깜짝 놀라 달려 가보니 아이는 흰 눈동자만 보이고 몸은 이미 뒤틀려 있었다. 온몸이 펄펄 끓었다.

얼른 119에 도움을 요청했다. 남편을 깨워 잠자고 있는 큰아이를 챙기라고 당부하고는 옷 입힐 사이도 없이 담요로 둘러싸 안고 아파트 입구로 내려가 기다리고 있었다. 30분이 지나도 구급차는 오질 않았다. 왜 이리 시간이 더디 가는지 발만 동동 구르고 있었다. 점점 아이는 숨이 고르지 못했다.

40분쯤 지나 구급차가 왔다. 구급차를 타자마자 왜 이리 늦게 왔냐고 화를 냈다. 소방대원은 광혜원에 불이나 그곳에 출동했다가 오느라 늦었다고 한다. 큰 병원으로 가기를 희망했는데 진천성

모병원으로 향한다. 소방대원은 응급상황이라 가까운 곳으로 가야 한다고 한다. 그때만 해도 구급차는 근거리 원칙이라며 초를 다투는 상황에서 어찌할 도리가 없었다. 하지만 헛수고였다.

소아과 당직 의사는 없고 간호사만 나와 보더니 잠깐 숨만 트여 놓고 큰 병원으로 가라는 것이다. 다급했다. 그 시간 병원에는 구급차가 다른 곳에 출동하고 없었다. 때마침 남편이 큰 애를 데리고 병원으로 왔다. 어찌나 반갑던지. 남편은 우리를 태우고 충북대병원으로 차를 몰았다. 지체할 시간이 없었다.

아이가 잘못될까 봐 비상등을 켜고 신호를 무시하며 달렸다. 이사 온 지 얼마 안 돼 어디에 무슨 병원이 있는지, 정확히 몰라 한번 가본 적이 있었던 충북대병원으로 향했다. 다행히 밤늦은 시간이라 도로에 차가 없어 빨리 갈 수 있었다. 그사이 딸아이는 축 늘어졌다. 깔딱깔딱 고르지 못한 숨소리에 애간장이 녹는다. 도착하자마자 응급처치를 받고 겨우 안정된 호흡이 돌아왔다. 아이의 혈색이 서서히 돌아오는 것을 확인하고 나니 마음이 놓였다. 그날 밤을 그렇게 응급실에서 보내고 아침에야 집에 돌아올 수 있었다. 그 후 뇌전증 진단을 받고 오랫동안 약 복용을 했다.

진천에 정착한 이후로 아는 이도 없고 응급상황이 와도 병원은 멀고 대책이 없어 고민했다. 응급상황에 대처할 방법을 찾아야 했다. 두근두근 떨리는 마음으로 용기를 내 경찰서에 찾아갔다. 민원실에 가서 상담을 받았다. 구급차는 안 오고 응급상황일 때 방법이 없는지, 경찰의 도움을 받을 수 있는지 물었다. 아마도 이런 민원인은 없지 않을까 싶었다. 그곳에서는 명쾌한 답을 들을 수 없었고, 다시 교통계로 가보라고 한다. 곧바로 교통계로 향했다. 그곳에도 상담을 받아 보았지만 별 뾰족한 수가 없다고 했다. 그냥 개인차로 가서 응급상황이라는 증명서를 떼어 오면 긴급 자동차에 준하는 처리를 해줄 수 있다는 것이 다였다.

상담을 마치고 나오는데 눈물이 주르르 흘렀다. 창피함도 잊었다. 내가 왜 여기서 이런 이야기를 하고 있나, 내 처지가 처량해 마음 둘 곳이 없었다. 눈물을 참으며 힘겹게 계단을 내려왔다. 지방 소도시에 살면 이런 부분이 힘들구나, 여실히 체감했다. 남편의 직장을 따라왔지만, 자식을 잃을 수도 있다는 생각에 깊은 후회를 했다.

아이는 예전보다 건강한 몸으로 매일매일 "사랑해, 사랑해" 고백을 해 웃음을 자아낸다. "나는 엄마 딸이지?"라는 확인도 잊지 않는다. 딸은 늘 웃게 만드는 미소 천사다. 그 미소가 나에게는 아픔이며 또한 나를 지탱해 주는 힘이 되기도 한다.

고마운 사람

김치는 일 년 내내 밥상에 빠지지 않는 반찬이다. 늘 올라오는 것이기에 대수롭지 않게 생각하는 사람도 있을 것이다. 해마다 각 가정에서 겨우내 먹을 김장을 한다. 준비하는 과정은 힘들지만 겨울 채비에서 가장 중요하고 큰일 중 하나다. 맛깔나게 담근 김치를 보면 마음이 따뜻하다. 이런 마음을 더 갖게 해준 것은 그 사람 때문인지도 모른다. 시간이 흘러 얼굴은 잘 기억이 나질 않는다.

딸이 초등학교 3학년 때이다. 여성 단체 행사가 있어 초평에 위치한 청소년 수련원으로 갔을 때였다. 단체로 버스를 이용하여 이동했다. 행사 도중 전화벨이 울린다. 휴대폰 창에 딸애 담임 선생님의 이름이 떠서 깜짝 놀랐다. 아이가 어디 아픈가? 얼른 전화를 받았다.

"아이가 설사해서 어떻게 할 수가 없어요."

우리 애는 아직 대소변을 가리지 못해서 늘 두 개의 속옷과 여벌을 가방에 가지고 다닌다. 아침까지만 해도 아이는 평소와 다름없어서 옷이 없으리라고는 생각을 하지 못했다. 여벌까지 다 버려 속옷을 입지 못한 상태라 한다. 더군다나 선생님은 야외 활동을 나가야 하는데 난감하다고 말씀하신다. 갑자기 머리가 백지처럼 하얗다. 한시가 급한 상황이라 행사장에서 뛰어나와 무작정 입구 쪽으로 향했다.

행사가 열리고 있는 이곳은 읍내에서 떨어져 버스나 택시가 다니지 않는 외진 곳에 있다. 들어왔다 나가는 차라도 있으면 잡아타려고 두리번거렸다. 발만 동동 구르며 이리저리 뛰어다니는데 지나가는 사람이 무슨 일이 있느냐고 묻는다. 상황을 이야기하니 김치를 납품하러 온 차가 있다고 한다. 망설일 시간이 없다. 식당 쪽으로 한달음에 달려갔다.

마침 일을 마치고 돌아가려는 아저씨를 불러 세웠다. 사정 이야기를 했더니 선뜻 트럭에 타라고 한다. 택시를 탈 수 있는 곳까지만 태워 달라고 부탁을 했다. 아저씨는 어디까지 가느냐고 묻는다. 나는 택시를 탈 수 있는 곳에 내려주면 된다고 거듭 말씀을 드렸는데 그분은 조금만 돌아가면 된다며 목적지까지 태워다준다고 한다. 얼마나 다급한 모습이었으면 그랬을까. 도착하여 고맙다는 인사를 하고 서둘러 옷을 사 들고 학교로 향했다.

겨우 벌어진 일을 수습하고 나니 그분이 생각났다. 너무 경황이 없어 기사님의 이름은 물론이고 전화번호도 물어볼 생각조차 못했다. 다급해지면 번번이 내가 먼저가 된다. 아무 말 없이 선행하는 사람이 많다는 걸 닥치고 보니 알겠다. 그냥 보낸 그분께 못내 미안했다. 기억을 더듬어 그 김치 회사의 홈페이지를 찾아 들어갔다. 그러나 홈페이지는 댓글을 달지 못하도록 닫아놓아 감사의 글을 남기질 못했다. 벌써 13년이나 지난 일이다.

시간이 흘러 잊혀져 가면서도 김장을 할 때면 문득문득 그때의 일이 떠오르곤 한다. 다급한 사정을 읽고 배려해준 아저씨의 따뜻한 마음이 김치찌개 맛처럼 구수하다. 김치는 정성이 담긴 반찬이기도 하지만 정을 나누는 음식이기도 하다. 남을 위해 돌아가는 길을 택한 그분께 뒤늦게나마 고마운 마음을 전하고 싶다.

민물장어

대전에 있는 아들에게서 전화가 왔다. 택배 올 것이 있으니 잘 받아달란다. 가끔 물건을 집으로 주문해서 그러려니 했다. 아들은 다시 전화를 걸어 배달 예정 시간까지 알려주며 집에 있어 달라고 신신당부를 한다. 점심때쯤 나는 아이의 부탁을 까마득히 잊고 지인과의 약속이 생각나 서둘러 나섰다.

약속 장소를 향해 반쯤 갔을 때였다.

'아! 택배가 온다고 했지. 또 깜빡했네.'

건망증이 심해 불과 20분 전 부탁을 잊고 집을 나선 것이다. 바로 차 머리를 집 쪽으로 돌렸다. 주차장에 도착하자마자 뒤따라 탑차가 들어왔다. 잠시 후 택배기사에게 전달받은 물건은 풍천민물장어였다. 나는 무슨 영문인지 의아했다.

바로 아들에게 전화를 걸어 웬 민물장어냐고 물었다. 제 동생이 병원에 입원해 있는 동안 간호하느라 엄마가 제대로 못 먹었을 것 같다며 엄마, 아빠 몸 보양하란다. 통통한 것으로 손질을 꼼꼼하게 해 달라고 부탁까지 했으니 그냥 양념을 발라서 구워 먹기만 하면 된다고 한다. 어떻게 이렇게 기특한 생각을 했을까. 제 부모 생각해 주는 마음이 너무 이쁘다. 군대 다녀오면 사람 된다더니 순간 아들이 많이 컸구나 마음이 뿌듯했다. 통화하는 내내 설명하기 어려운 벅찬 감정이 가슴 가득 차오른다. 나도 모르게 실실 웃음이 난다. "아들, 힘이 난다. 덕분에 더위는 거뜬히 날릴 것 같다."라고 했다. 남편에게도 이 소식을 바로 전했더니 "어허 그놈 참, 다 컸네. 아들 덕에 몸보신 제대로 하겠네." 한다. 남편의 어깨에 힘이 절로 들어가는 것을 느낄 수 있었다.

엄한 부모 밑에서 기 한번 제대로 펴지 못하고 자란 아들, 그래도 원망하지 않고, 엇나가지 않고 잘 커 줘 감사한 마음이다. 군대 제대 후 더 따뜻한 마음으로 우리 곁에 돌아왔다.

아들이 전역한 후 맞은 내 생일에는 스테이크와 케이크, 몰래 준비한 미역국으로 나를 감동시키기도 했다. 어쩌다 집에 오면 제 엄마 쉬게 하려고 요리를 해주기도 하고 내 푸념도 들어주며 위로할 줄 아는 집안의 대들보로 성장하고 있다.

남편이 퇴근하자마자 곧바로 먹을 수 있도록 팬에 올려 굽기 시작했다. 구수한 장어구이 냄새가 온 동네에 퍼지도록 문을 활짝 열었다. 잘 익은 장어의 보드라운 살이 입에서 살살 녹는다. 아들의 따뜻한 마음이 불끈 힘으로 솟아오른다.

4

고향 집

밤길

혼자 길 위에 있다. 모임을 마치고 집으로 가는 중이다. 어제까지만 해도 휘영청 밝은 달이 거리를 비추었지만, 오늘은 어둠 속으로 숨어 버렸다. 집까지 불과 500m밖에 안 되는 거리를 걷고 있다. 누가 나를 위협하는 것도 아닌데 오늘 밤길은 왠지 서늘한 기운이 돈다.

가로등도 꺼져 있다. 고등학생쯤으로 보이는 남자애 둘이 지나간다. 나도 모르게 발걸음이 빨라진다. 그들은 축구를 하고 가는지 운동복 차림으로 공을 들고 있다. 그냥 지나친다. 지레짐작으로 그들을 향해 의심의 화살을 날렸던 속내를 들킨 것 같아 괜히 미안해진다.

출발하면서 남편에게 걸어가고 있다고 전화를 했다. 혹여 남편이 마중을 나올까 기대를 하며 목을 길게 빼고 앞으로 내달리듯 걸었다. 아파트 입구가 보이자 가슴을 쓸어내리며 안도의 숨을 몰아쉰다.

문득 학창 시절의 그 밤이 생각난다. 고등학교 때 자취를 했던 나는 주말을 이용해 집을 다녀오곤 했다. 그날은 학교 수업을 마치고 조금 늦게 집으로 향했다. 버스에 몸을 실었다. 집에 가려면 버스를 한 번 더 갈아타야 한다. 피곤함을 못 이겨 졸고 있는 사이 정거장에 도착했다. 무슨 일이 있었는지 모르지만, 버스가 연착했다. 갈아탈 막차 시간이 다 되었다. 집으로 향하는 버스를 타려고 승강장으로 내달렸지만 아뿔싸, 이미 출발해서 저만치 달려가고 있었다. 아무리 소리를 질러 불러보지만, 버스는 아랑곳하지 않고 매캐한 냄새만 뿜어내며 달아나버린다.

큰일 났다. 캄캄한 밤, 십 리도 넘는 으슥한 길을 가야 한다고 생각하니 등줄기에서 소름이 돋는다. 무엇보다 곰재를 넘어야 한다. 그곳에 달걀귀신이 있다고 했던 어른들의 말이 떠올라 더 겁이 났다. 해결할 다른 방도를 찾지 못하고 발만 동동 굴렀다. 이곳에는 아는 사람도 없고 가진 돈도 없다. 돈이 있다 해도 여인숙에서 잘 용기가 나질 않았고 어찌할 방도도 없다. 일단 집 쪽으로 발길을 잡았다. 밝은 달이 길동무를 해주었다. 무서움에서 벗어나려 혼자 중얼거려 보기도 하고 잘 부르지도 못하는 노래를 불러봤다. 그렇게 한참을 걷고 있는데 지나가던 봉고차가 내 앞에 선다. 순간 무서운 생각도 스쳤지만 반가운 마음이 더 앞선다. 기사 아저씨가 차 유리문을 내리고 "학생 어디까지 가? 네, 미산 가요."라는 대답에 타라고 한다. 감사하다는 말과 함께 차에 얼른 올랐다. 마음을 안정시키고 차 안을 둘러보니 아줌마, 아저씨들이 여럿 있다. 미산에 있는 교회의 목사와 신도들이라고 한다. 그날은 그렇게 무사히 집에 올 수 있었다.

그 당시만 해도 지나가는 사람이 있으면 별 의심 없이 차를 태워주는 인정이 있었다. 요즘은 세상이 흉흉해서 남의 차를 탄다는 생각은 상상조차 안 한다. 예전에는 귀신 이야기가 무서웠지만, 지금은 사람이 더 무섭다. 세상이 어찌 되려고 이러는지 모르겠다. 요즘의 사회 분위기를 보면 나도 모르게 혀를 차기도 한다. '묻지 마 범죄'가 많아져 이유 없이 지나가는 사람만 봐도 경계심이 절로 일어난다. 사람들은 무슨 일이 있든 말든 남의 일에 관심이 없다. 그게 현시대를 살아가는 우리의 모습이다.

무사히 집으로 들어가니 남편이 거실에서 반갑게 맞아준다. 긴 시간은 아니지만 걸어오는 밤길이 무서웠다고 하자 남편은 "마중을 나갈 걸 그랬나?" 하며 웃는다. 예전처럼 정이 넘치는 사회, 따뜻한 우리가 되어 밤길에도 아무 걱정 없이 다닐 수 있는 날이 다시 왔으면 좋겠다.

파랑골의 봄

구불구불 오솔길을 따라 올라가면 입구부터 개나리와 진달래가 어서 오라고 밝은 미소로 반긴다. 앞은 탁 트이고 삼면이 산으로 둘러싸여 아늑함을 주는 아지트 같은 곳, 파랑골 행복 농원이다. 이런 곳을 명당자리라고들 하는가 보다. 젊은 부부가 일찍부터 어떻게 알게 된 걸까? 15여 년 전쯤 처음 이곳을 발견하고 드나든 지 4년 만에 정착했단다.

몇 년 전 딸과 둘이서 갔을 때다.

"어머나! 언니, 어서 오세요. 오랜만이에요. 왜 이리 오래간만에 오셨어요."

조용한 음성으로 환하게 웃으며 반겨 주는 파랑골 안주인. 어느덧 중년의 나이지만 순수한 소녀 같은 그녀의 안부가 궁금해서 모처럼 방문했다. 매화차를 내어놓는 그녀의 손에 이끌려 시선이 찻잔에 맴돈다. 찻물에 핀 단아한 꽃잎과 알 듯 말 듯 은은한 향이 살포시 콧속으로 들어와 봄을 전한다. 해맑게 웃는 그녀의 모습과도 닮은 꽃이다. 찻잔에 핀 매화에 매료되었다.

그녀에겐 귀엽고 예쁜 두 아이가 있다. 처음 그 아이들과 만나 놀았던 것이 아마 그 집 큰아이가 여덟, 아홉 살 때쯤인 것 같다. 천사같이 맑은 영혼을 가진 큰애는 특별한 아이다. 개구쟁이인데 사물을 보는 눈이 남다르다. 귤을 까면서 한 송이 주황색 꽃이 핀단다. 아이스크림이 녹는 걸 보면 눈물을 흘리는 것 같다고 한다. 비 온 뒤 나무에서 물방울이 떨어지는 걸 보고 뭐가 그리 슬픈지 눈물을 흘린단다. 어른들의 눈으로 보면 그냥 비일 뿐인데….

큰애와 네 살 차이 나는 작은아이는 너무도 앙증맞은 예쁜 눈을 가졌다. 처음 만났는데도 내 무릎에 앉아 재잘거렸다. 그림을 가져와 잘 알지 못하는 만화 주인공들의 이름을 이야기해 주는데 나는 전혀 알아듣지 못했다. 그래도 즐거웠다. 작은 입술을 통해 꾀꼬리 같은 목소리로 쉼 없이 이야기를 해댔다. 한 시간 남짓이 휙 지나갔다.

아이들과 함께 앉은 뜰에는 수줍은 듯 뾰족뾰족 새순들이 고개를 내밀며 웃는다. 곧 분홍빛 꿈들을 펼쳐 보일 것이다. 활짝 웃어젖힐 그 꽃들을 생각하니 내 마음까지 발그레 물이 든다.

파랑골 안주인, 그녀는 겹겹으로 돋아나는 사철나무 새순이 '꽃 피는 모습과 비슷하다'라며 신기한 듯 쳐다본다. 이곳에 와서 처음 보았다며 연신 사진을 찍었다. 나는 이들의 해맑은 모습이 자연을 그대로 닮은듯하여 웃음이 절로 났다. 그동안 지내온 이야기들로

폭풍 수다를 떨며 생동하는 봄의 기운을 만끽했다.

제비꽃, 민들레, 냉이꽃들이 활짝 피어 함께 하고 있다. 애써 꾸민 정원은 아니지만 어릴 적 생각이 나 입가에 미소가 머문다. 어느 작가가 '한국 정원은 자연 그대로인 상태에서 사람이 들어가는 거다.'라고 하신 말씀이 떠오른다.

근래 보기 힘든 남산제비꽃은 그냥 풀씨가 날아들어 파랑골을 더욱 환하게 하고 있다. 하얀색 제비꽃이 신기해 보였다. 길가에 흔하게 자생하는 제비꽃의 어린순은 나물로도 먹을 수 있다는 사실을 처음 알게 됐다. '무슨 맛일까?'

파랑골 행복 농원 집 근처에는 나물들이 많다. 먹을거리가 풍성한 봄을 좋아하는 나는 이끌리듯 연한 머위 순에 시선이 멈췄다. 머위나물은 쌉싸래하니 입맛을 돋워줘 내가 좋아하는 것 중 하나다. 저녁에 나물로 해 먹을 생각을 하니 입맛이 다셔진다.

자연 속에서 자연과 더불어 가족으로 살아가는 그들의 모습을 보고 돌아오는 내내 행복했다. 파랑골을 다녀온 후로 고향 생각이 더욱 깊어지는 밤이다.

갈대와 억새

가을볕이 유난히 좋은 날이다. 당장이라도 뛰어들고 싶을 만큼 하늘은 맑고 파란 물결로 넘실댄다. 집에만 있을 수가 없어 동생과 아들, 딸, 넷이서 용화사 근처 산책로를 따라 농다리 쪽으로 향했다. 한낮이라 한적하여 산책하기에 그만이다.

가을 녘으로 접어들었는데 천변의 코스모스는 아직 어리다. 한 번 지고 씨가 떨어져 다시 난 것인지, 어쩌다 한두 송이씩 꽃을 피우기 시작한다. 여린 코스모스를 보니 가을이 아직 멀었나 싶을 정도로 여유로운 분위기다. 푸른 융단 코스모스 길이 금방이라도 쌓인 피로를 말끔히 풀어줄 것만 같다. 산책로를 따라 한참을 걷다가 물가 쪽을 바라보니 갈대밭인지 억새가 사는 곳인지 뒤섞여 있다.

갈대와 억새는 같은 볏과 식물이지만 생장 조건이 다르다. 갈대는 물을 좋아해 물가나 습지에 주로 서식하지만, 억새는 물을 좋아하지 않는다. 그래서 산이나 뭍에 자생한다. 자세히 보면 생김새 또한 다르다. 그런데 어찌 이곳은 서로 다른 물성끼리 뒤섞여 사는 것인가. 분명 갈대숲에 억새가 날아든 것일 게다. 서로 조화롭지 않을 삶이 그런대로 조화를 이루며 살아가고 있는 모습을 보며 사람보다 낫다는 생각이 든다. 이방인이라 배척하지 않고 보듬고 살아가고 있질 않은가.

갈대는 예전에 방비로 만들어 쓰기도 했다. 꽃술이 부드러워 눈에 띄지 않는 먼지도 잘 쓸린다. 그래서 갈대꽃이 완전히 펴버리기 전에 뽑아서 만들었다.

억새는 꽃잎이 활짝 필수록 하얗게 변하여 군락을 이루면 장관이다. 특히 깊고 푸른 하늘에 비친 모습이나 해 질 무렵 붉은 하늘을 배경 삼아 하늘거리는 걸 보면 가을의 정취를 제대로 즐길 수 있다. 그래서 가을 하면 억새를 떠올리는 것이 아닌가 싶다. 이곳의 갈대와 억새는 환경에 적응하며 각자 제 살길을 찾아가는 것 같다.

사람이든 동식물이든 아무리 어려운 상황이 닥쳐도 서로 보듬고 때로는 선의의 경쟁을 하며 주어진 삶에 충실할 때 빛이 난다. 주어진 환경에 순리적으로 적응해 나가는 것이 생명체의 본성이지 싶다.

남산제비꽃

봄이다. 문득 순백의 여인이 떠올랐다. 4월 어느 날, 그녀를 만날 것 같은 기대감을 안고 파랑골로 향했다. 아직 뾰족이 입술만 내밀고 있을 뿐 좀체 모습을 드러내지 않는다. 날이 따뜻해지기를 기다려야겠다. 며칠 후 다시 그곳을 찾았다.

수줍은 듯 돌 틈 사이로 얼굴을 내민 그녀를 드디어 만났다. 남산제비꽃이다. 혹시 나를 기다리는 것은 아닐까. 객쩍은 생각을 하며 쪼그리고 앉아 들여다보았다. 내려다보는 내 눈길에 살짝 고개를 숙여 인사를 건네온다. 보얗게 분단장을 하고 애타게 임을 기다리고 있는 모습이다. 그래서일까. 가녀린 목덜미가 오늘따라 애잔해 보인다. 척박한 주변 환경에도 꺾이지 않는 그녀의 부드러운 몸짓 또한 예사롭지 않다. 바람이 제아무리 흔들어도 일편단심 자신을 지키고 자연에 순응하며 삶을 풀어내고 있다. 하얀 얼굴에 가녀린 몸, 하늘거리는 푸른 옷이 코스모스 잎과 닮았다. 몇 년 전 처음 만날 때부터 그녀는 내 마음을 설레게 했다.

언제부터인가 내 시선은 땅을 향해 있는 시간이 점점 많아졌다. 어릴 적 자주 보았던 풀꽃을 마음에 담고부터였지 싶다. 그때 눈에 자주 들어 온 것 중 하나가 제비꽃이다. 척박한 땅 시멘트 틈 사이에 피어나기도 하고, 무거운 돌 작은 틈에서도 살아간다. 씨앗이 앉을 곳만 있으면 어디에서든 싹을 틔운다. 우리네 어머니와도 닮은듯하다. 아무리 힘들어도 현실에 안주하지 않고, 어떤 상황에 닥쳐도 견뎌내는 강인함이 보인다. 그런 제비꽃을 자연스레 사랑하게 되었다. 길을 가다 종류가 다른 제비꽃을 만나면 시선을 고정시키고 앉아 한참을 들여다본다. 새로운 것을 처음 발견한 것처럼 반갑다.

우리나라에 자생하는 제비꽃은 30여 종이 넘는다고 한다. 여기에 원예종까지 더하면 훨씬 많다. 우리가 흔히 아는 팬지도 제비꽃과의 일종으로 삼색제비꽃이다.

제비꽃에 붙여진 이름도 다양하다. 땅바닥에 바짝 앉아서 핀다고 앉은뱅이 꽃, 귀엽고 앙증맞아 병아리꽃이라 불리기도 한다. 어린잎을 나물로 먹어서 외나물꽃, 꽃으로 반지를 만들어 낀다고 반지꽃, 배곯는 춘궁기에 오랑캐까지 쳐들어와 고난을 겪는데 그 시기에 펴서 오랑캐꽃이라고도 한다. 예전에 두 개의 꽃을 서로 엮어 잡아당기는 놀이를 즐겼는데 장수들이 씨름하는 것 같다 하여 씨름꽃, 장수꽃이라고 불렸다.

색으로 말하자면 흰 제비꽃은 티 없는 소박함, 순진무구한 사랑을 뜻한다. 노란색은 수줍은 사랑, 보라색은 질투를 상징한다. 이루지 못한 사랑에 대한 질투로 비극적인 결말을 맺게 되는 한 서린 꽃으로 표현이 되기도 한다. 이렇듯 제비꽃 하나만 봐도 종류와 색에 숨어있는 뜻이 다 다르다.

길을 오갈 때마다 풀꽃에 관심을 둔다. 더 많은 것을 알기 위해 자세히 살피는 과정이 재미있고 즐겁다. 그중에서도 남산제비꽃은 흔히 볼 수 없는 꽃이라서 더 마음이 간다.

남산제비꽃을 뒤로하고 그곳을 나오는 발길이 경쾌하다. 순백의 그녀를 통해 내 마음이 한결 깨끗해진 느낌이다.

고향 집

최근 글공부를 같이하는 분의 글 '어머니와 장독대'를 접하고 불현듯 잊고 있던 고향 집 정경을 떠올렸다. 기억을 더듬어 초등학교 다니던 때로 돌아가 본다.

고향에서는 봄부터 싱싱한 푸성귀 그득하여 시장에 갈 일이 거의 없었다. 가을이 되면 아버지는 매년 모과를 썰어 말리는 일을 빼놓지 않았다.

학교를 파하고 돌아오는 길이다. 따가운 햇볕을 등에 업고 냅다 달려 냇가에 다다랐다. 책가방을 내려놓고 물속으로 첨벙첨벙 뛰어들었다. 더위에 달아오른 얼굴도 푸덕푸덕 씻었다. 옷을 입은 채 물속에서 입술이 파래지도록 놀다 보니 엄마가 학교 끝나는 대로 빨리 오라고 했던 말이 생각났다. 정신없이 놀다 깜빡 잊고 있었던 거다. 서둘러 책가방을 들고 집으로 향했다. 하얗게 불어버린 발과 검정 고무신 사이에서 물이 뿌지직뿌지직 뽁뽁 발자국을 따라오며 심통을 부린다. 걸음을 재촉해 둑에 올라서니 저만치 집이 보인다.

청석 지붕이다. 우리 집을 중심으로 바깥마당 오른쪽 끝에는 작은 할아버지 집이 있다. 왼쪽 위로는 셋째 할아버지의 집이 자리하고 있다. 할아버지 삼 형제가 조르르 모여 살았다. 집이 눈에 들어오자 둑 아래 밭 사이로 난 길로 내달렸다.

밭에는 자줏빛 감자꽃이 활짝 웃고 있다. 보나 마나 자주색 하지감자다. 매년 하지쯤 캐는 자주감자를 심었기에 그냥 눈으로만 봐도 알 수 있다. 엄마의 밭에는 키 순서대로 질서가 정연하다. 제일 안쪽에 고추가 매서운 기세로 자리를 잡았다. 그다음은 감자가 있고, 열무가 듬성듬성 들어앉아 제 몫을 다하고 있다. 아버지가 좋아하는 열무다. 뽑아다 흐르는 물에 살살 씻어 뜨거운 밥과 고추장을 넣어 비벼 먹으면 맛이 일품이다. 다른 찬이 없어도 한 그릇 뚝딱한다.

감자밭 귀퉁이에 옻나무 한 그루가 보인다. 식구들 몸보신할 때 유용하게 쓰이는 약재다. 한여름 온 가족이 둘러앉아 옻 껍질을 넣은 닭백숙을 맛있게 먹었던 기억이 흐뭇하게 자리 잡고 있다. 그 옆으로는 밭과 길의 경계에 구기자의 짙푸른 가지가 휘어져 있다. 조금만 있으면 그 가지마다 꽃봉오리가 조르르 매달릴 것이고, 시간이 지나면 빨갛게 익겠지.

감자밭을 지나 곧바로 가면 오른쪽에 다시 밭이 나온다. 그 밭의 모퉁이에 호두나무 한그루가 혈기 왕성한 젊음을 뽐내고 있다. 사방으로 쭉 뻗은 가지들은 동생과 나를 위해 온몸으로 뜨거운 햇빛을 막아주고 있다. 우리는 시원한 나무 그늘 아래서 공기놀이를 하며 놀았다. 가을이 오면 아람이 쩍 벌어 호두알을 떨어뜨린다. 줍는 사람이 임자다. 서로 먹으려고 쟁탈전을 벌이기도 한다. 금방 떨어진 풋호두는 막 따서 먹는 개암 맛과 비슷하다. 참 고마운 나무다. 호두나무를 지나자마자 밭 가에 참죽나무 서너 그루가 하늘 높은 줄 모르고 뻗어 올라간다. 얼마나 오랫동안 이곳에 있었을까. 물오를 때가 되었는데도 까슬까슬한 피부는 여전하고, 이래저래 살펴보니 볼품없이 늙수그레하다. 그래도 매년 봄이면 순한 잎을 아낌없이 내어줘 나물이나 부각으로 만들어 먹었다. 그 나무를 지나 좁은 돌계단을 올라야 집으로 갈 수 있다.

빠른 걸음으로 돌계단을 단숨에 올라서면 가장 먼저 부추 무덕이 눈에 들어온다. 담벼락 밑에 자리 잡은 부추는 거무죽죽한 재를 뒤집어썼어도 생기 있는 얼굴이다. 볼 때마다 빠끔히 고개를 들고 웃어준다. 담을 따라 돌면 텃밭이 딸린 바깥마당이 있고, 바로 대문이 보인다. 문짝이 있으나 없으나 누구나 쉽게 드나들 수 있었다.

대청마루를 사이에 두고 오른쪽은 사랑방, 왼쪽은 안방과 윗방, 골방, 부엌이 있다. 널찍한 대청마루는 뒤곁으로 문이 있어 바람이 드나들기 좋은 구조다. 여름엔 정말 시원하다. 집 뒤 대나무가 사악삭 산바람을 보내 땀을 걷어간다. 잠시 밭일을 놓고 한낮 더위를 피해 동네 아낙들이 청올치 삼을 것을 들고 마실을 오기도 했다.

옛날이야기를 맛있게 잘하는 엄마로 인해 웃음이 끊이질 않았다. 대청에 여럿이 모여 청올치를 삼고, 꾸리를 만드는 것이 지루하지 않다. 청올치는 칡덩굴의 속껍질을 말한다. 갈포나 갈포벽지를 만들기 위해 청올치를 길게 이어주는 것은 모시와 같으나 이음 방법이 조금 다르다. 모시는 이을 가닥을 무릎에 놓고 비벼주지만, 청올치는 두 가닥을 손으로 잡고 돌려 묶는다. 푼돈이라도 살림에 보탤 수 있어서 틈틈이 하던 일이다.

어느 날 안방 문 위쪽 벽에 못 보던 액자 두 개가 걸렸다. 엄마와 아버지의 얼굴이다. 번듯한 사진 한 장 없던 아버지는 당신의 것과 엄마의 초상화를 그려와 걸었다. 안 닮은 듯 닮은 모습으로 우리를 내려다보고 있었다.

마당 오른쪽에는 샘이 있다. 깊게 파서 동그랗게 돌을 쌓아 만들었다. 나는 이 우물이 마르는 걸 한 번도 본 적이 없다. 그 샘에 긴 동아줄 두 개를 나란하게 늘어뜨려 놓았다. 하나는 두레박을 달아 물을 긷고 나머지 하나는 김치통을 매달아 놓았다. 여름엔 그만한 냉장고가 없다. 물은 없어서는 안 될 중요한 것이다. 아버지는 우물 관리만큼은 잘하셨다. 일 년에 한 번 정도 들어가 우물 청소를 했다. 청소하다 보면 우물 안에 언제 들어앉았는지 생각지도 않았던 온갖 잡동사니가 다 나온다.

우리 집에서 가장 볕 좋은 자리를 차지한 것은 장독대다. 엄마의 사랑만큼 장맛이 아주 좋다. 서열별로 자리한 독은 제 역할을 톡톡히 한다. 단지 옆 활짝 핀 채송화가 조르르 모여 합창을 한다. 빨리 빨리, 서둘러 혼나기 전에….

책가방을 내려놓고 집안일을 거든다. 다홍빛 하루해가 무르익을 즈음 늦어진 엄마를 대신해 서툰 손으로 저녁을 준비한다. 바삐 화덕에 양은솥을 얹었다. 올갱이 국물에 된장을 휘휘 풀어 애호박과 호박잎을 함께 넣고 불을 지펴 한소끔 끓인다. 거기에 밀가루 반죽을 제멋대로 뚝뚝 떼어 넣어 수제비를 한다. 어설프지만 엄마를 생각하는 어린 딸의 마음이 그려낸 저녁 풍경이다.

풍족한 살림은 아니어도 꿈을 키우며 건강하게 자라 온 곳이었다. 어느새 나는 인생 가을로 접어들고 있다. 아득하게 잊고 있던 고향의 추억이 마음을 훈훈하게 덥히고 있는 이 가을이 정겹게 다가온다.

장 구경

봄볕이 따사롭게 내려앉는다. 오늘은 오일장이 열리는 날이다. 점심때쯤 장 구경을 나섰다. 현대식으로 탈바꿈한 진천전통시장이다. 무싯날은 식당가와 상설매장이 운영되고, 닷새마다 장돌림이 모여들어 노점에 물건을 펼치고 장사할 수 있도록 조성해 놓았다. 주차장까지 갖추어 장보기에 편리하다. 달라진 풍경이 낯설기는 하지만 새롭게 느껴진다.

태양을 피해 차양이 처져있는 점포 쪽으로 발길을 잡았다. 상가 입구 건물 옆 한 노점으로 자연스레 눈길이 갔다.

'어라 나보다 먼저 손님이 와 있었네.'

노점 주인은 반기지도 않았을 텐데 허락 없이 자기가 먼저 맛을 본다. 이리저리 분주히 옮겨 다니는 간 큰 도둑이다. 얼마나 맛있는 게 많으면 냉큼 날아왔을까. 새삼 미소 짓게 한다. 어느새 내가 지켜보고 있다는 것을 눈치챘는지 못 본 척해달라고 두 손 모아 싹싹 빌기까지 한다. 그리곤 다시 오징어채로 옮긴다. 눈치 빠른 그놈은 바로 파리다.

다시 발걸음을 옮겼다. 시장은 농장을 옮겨놓은 듯 수많은 모종과 화원에나 있을 만한 꽃, 과일, 신발과 옷, 생선 등 없는 게 없다. 커다란 만물상이다.

어릴 적 기억 속의 시장도 그랬다. 무엇이든 다 살 수 있는 보물단지 같은 곳이다. 엄마가 장흥정을 해 머리에 이고 온 보따리 속에서 무엇이 나올까 무척 궁금했다. 보따리에서 원하는 물건을 얻지는 못했지만, 혹시나 먹을 거라도 나올까 기다릴 때가 더 흥분되었다.

다시 걸음을 뗐다. 눈알을 굴리며 이리저리 기웃거린다. 한 아주머니는 장사를 처음 나왔는지 작은 목소리로 대추빵을 팔고 있다. 직접 만든 것 같다. 다 팔리기는 하려나 걱정스러운 마음이 들었다.

한 바퀴를 돌아 노점 옷가게를 지날 때였다. 지난 장에 손주 옷을 사 갔는데 집에 가보니 티셔츠 하나가 없다며 상인과 실랑이를 벌인다. 주인 여자는 봉지에 담을 때 계산을 하기 때문에 그럴 리가 없다고 맞받아친다. 계속 언쟁이 벌어지자 그 할머니가 됐다며 휙 돌아선다. 그러자 상인이 확인 안 한 할머니 책임도 있으니 서로 손해를 보자며 슬그머니 이천 원을 돌려준다. 남몰래 지켜보던 나는 그런 모습은 장에서나 볼 수 있는 풍광이라 느껴져 정겹다.

다시 돌아가는 길가에 삼삼오오 모여 장기를 두는 어르신들이 눈에 들어온다. 한가로운 그분들에게서 삶의 여유가 보인다. 장터에서는 다양한 사람들이 살냄새 풍기며 사는 모습을 볼 수 있다.

옛날과자와 찐 옥수수 등 몇 가지를 사 들고 지나가는데, 과일 장수 아저씨가 무슨 생각을 그리 깊게 하냐며 나의 발길을 잡는다. 꼭 실연당한 사람처럼 힘이 없어 보인다며 말을 건넨다. 내가 돌아보며 미소를 짓자 딸기를 한 상자에 4천 원에 줄 테니 사라고 한다. 맛도 좋단다. 마트보다 천 원 정도는 싼 것 같아 얼른 참외도 한 소쿠리 같이 달라고 했다. 말도 안 되는 아저씨의 우스갯소리에 딸기와 참외를 산다며 능그렁을 떨었다. 인심 좋은 아저씨는 두어 개 더 얹어준다. 어느새 묵직해진 봉지에 시장의 정까지 듬뿍 담아 집으로 돌아오는 길, 부자가 된 듯 발걸음이 가볍다. 저녁에 참외를 깎아 한입 베어 무는데 아저씨의 말처럼 참으로 달달했다.

시간여행
–아산 외암마을에 다녀오다

햇빛이 찬란한 가을 아침이다. 친구와 아산 외암마을을 둘러보기로 한 날이다. 마을 전체가 중요 민속문화재 제236호로 지정되어 있어 살아있는 민속 박물관으로 알려진 곳이다. 출발하기 전 전화로 문의를 하니 개인적으로는 문화해설사의 해설을 들을 수가 없단다. 그날 마침 오후에 단체 예약이 되어있으니 그때 같이 들어도 된다고 한다.

해설을 듣기 전에 마을을 먼저 둘러보기로 했다. 한 바퀴 돌아보고 마을 입구 저잣거리로 가보니 관광 철이 아니어서 그런지 특별히 체험할 거리는 없다. 한 쪽에 위치한 공예관으로 들어갔다. 때마침 전통악기를 만드는 분이 계셨다. 그는 우리에게 한번 연주해 보지 않겠냐고 묻는다. 나는 음감에 둔한 편이라 손사래를 쳤지만, 할 수 있다며 귀에 익은 동요 악보를 건넨다. 가야금 줄을 튕기기만 하면 된다고 한다. 직접 튕겨보니 가야금 열두 줄은 굵기에 따라 소리의 차이가 있었다. 가늘수록 높은 소리가 난다. 신기하다.

동요 두 곡을 처음 타본다.

해설을 듣기로 한 시간이 다 되어 발길을 재촉해 약속된 장소에 도착했다. 해설사는 조선 중기 이후, 예안이씨의 집성촌으로 충청 지방의 고유 격식을 갖춘 양반집과 초가, 돌담, 정원의 옛 모습이 그대로 보존되고 있다고 한다. 한 집 한 집 살펴보니 집집마다 주인 관직명이나 출신 지명을 따서 참판 댁, 감찰 댁, 송화 댁, 참봉 댁 등 이름이 붙어 있다.

그중, 중요 민속문화재 제233호로 지정된 이곳은 건재 이욱렬의 호를 따서 '건재고택'이라는 택호가 붙어 있다. 양반 가옥의 특징인 높은 솟을대문이 우리를 먼저 맞는다. 솟을대문은 권위의 상징이다. 이 고택은 99칸이었는데 지금은 75칸만 남아 있다고 한다. 추사 김정희 선생의 처가로도 알려진 곳이다.

해설사는 이 마을만의 특징으로 인공수로가 잘 조성되어 있다고 한다. 산을 배경으로 마을이 형성되어 있고, 지형적 특성을 살려 집과 집을 이어주는 인공수로와 집과 정원의 위치 등을 정할 때 풍수지리를 이용했다는 설명이다. 그중에도 이 집은 설화산의 계곡물이 흘러 동쪽으로 들어와 안채, 사랑채를 거쳐 정원의 연못을 지나 서쪽으로 나가 다른 집으로 향한단다. 이런 인공수로가 집집마다 다 연결되어 있다니…. 300여 년 전에 자연을 거스르지 않고 물길을 만들어 습도 조절을 하고 방화수로 이용했다는 것을 알고 나니 조상의 지혜가 새삼 놀라웠다. 처음에 도착해서 우리끼리 살펴볼 때는 눈에 들어오지 않았는데 설명을 들으며 보니 그제야 인공수로가 눈에 들어온다.

또한 이곳은 행정자치부 '정원 100선'으로 선정되었을 만큼 아름다운 곳이다. 건재 고택의 정원은 자연의 훼손을 최소화하는 한국 정원의 특징에, 살면서 후손이 아기자기한 일본의 정원형식을 가미한 것이란다. 특히 안채는 口 모양의 한옥 중앙에 소나무 한 그루가 있다. 한자로 표현하면 입(口)속에 나무(木)가 들어 있어 곤할 곤(困) 자가 되는 형상이다. 설화산 문필봉의 정기를 소나무가 대신 받아 그 집안의 액운을 없애 무탈했다는 설이 전한다. 문틈 사이로 정원을 들여다보았다. 눈에 보이는 경치만 보고도 그 아름다움이 미루어 짐작된다.

지금은 이 건재 고택이 아산시의 소유가 되었고, 재정비에 들어갈 예정이라 안을 자세히 살펴보지 못한 것이 아쉬웠다.

다음에 보게 된 참판 댁은 중요 민속문화재 제195호로 지정되어 있다. 이 집은 조선 시대 규장각 직학사와 참판을 지낸 퇴호 이정렬 선생이 고종으로부터 하사받아 지은 집이다. 140여 년이나 된 한옥이며 그의 후손이 살고 있다. 정면에서 내려다보면 대문 양옆으로 행랑채가 있고, 대문을 들어서면 먼저 사랑채가 보인다. 사랑채와 연결되어 있는 안채를 살피니 이곳 역시 하늘에서 내려다보면 안채, 사랑채, 행랑채가 ㅌ 자 모양의 구조로 연결된 집이다. 이 집에는 여러 개의 굴뚝이 있지만, 사랑채 앞, 돌로 쌓은 기단에

암기와 두 개를 마주 보게 하여 만든 기단 굴뚝이 특이했다. 어떻게 굴뚝을 기단에 낼 생각을 했을까. 기발하다. 여염집 굴뚝은 처마 위로 향하거나 뒤꼍으로 내어 용도에 충실했다. 하지만 양반들은 굴뚝마저도 하나하나 세심하고 아름답게 배치한 것을 알 수 있다.

또한 이 마을은 제주처럼 삼다(三多)로 유명한데 돌이 많다 하여 석다(石多), 관직을 가진 사람이 많다 하여 관다(官多), 言多는 상상에 맡긴다며 웃는다. 무슨 뜻일까. 궁금증만 일게 만든다. 마을에 돌이 유난히 많아 어떻게 할까 하다 돌담을 쌓게 되었다는 해설사의 설명을 듣고 나니 마을 길에 돌담이 아름답게 조성되어 있는 것이 이해가 되었다.

외암마을은 초가집과 기와집이 한곳에 모여 있어 볼거리가 많다. 더군다나 현재도 후손들이 살고 있다. 백 년 이상의 시간을 뛰어넘어 후손이 직접 거주하고 있다는 것만으로도 이곳의 가치는 충분해 보였다.

걷다 보니 발치에 밤송이가 나뒹굴고 있다. 먹거리가 풍성한 이즈음, 담 너머 세상 구경에 나섰던 밤송이가 인기척이 반가워 '툭, 투둑' 알토란같은 제 속을 다 내어주려나 보다. 마을 곳곳에 탐스럽게 익어가는 감나무, 탱자나무가 가을 정취를 물씬 풍긴다. 풍요로운 정경이다. 역사가 살아 숨 쉬는 300여 년 세월을 거슬러 올라가 당시 살던 사람들을 만나고 온 듯 따스한 정이 가득 스며든다.

소풍 길

창문 너머로 안개가 뽀얗게 피어올랐다. 날이 맑을 것 같아 마음이 놓인다. 오늘은 백곡에 있는 장대마을과 용진마을에서 한글 공부를 하는 어르신들과 소풍을 가기로 한 날이다.

4~5월은 행사가 많아 어렵게 잡은 날이라 비 예보가 있는지 춥지는 않을지 소풍 가기 며칠 전부터 일기예보를 확인하고 또 확인했다. 다행히 그날은 괜찮다는 예보가 떴지만, 소풍 전날 오후에 애를 태우듯 비가 와서 신경이 몹시 쓰였던 터다.

TV를 틀었다. 오늘은 맑고 포근하다는 기상 캐스터의 경쾌한 목소리가 들린다. 서둘러 나갈 채비를 했다. 비가 온 뒤라 찬 기운이 있을 것으로 생각돼 여러 겹으로 옷을 입고 밖으로 나왔는데 생각보다 따뜻하다. 소풍 가기 딱 좋은 날이다.

어제 장만한 과일과 물 등을 싣고 소풍지인 만뢰산 생태공원으로 향했다. 상쾌한 아침이다. 차가 더 가뿐하게 달린다. 도착해서 돗자리를 깔려고 자리를 찾아 바삐 몸을 놀리고 있는데 저편에 문해 교육을 담당하는 선생님과 어르신들이 들어서는 게 보인다. 나는 반가운 마음에 큰소리로 인사를 건네고 정자가 있는 곳으로 갔다. 벌써 수필 교실 문우 한 분이 와 있다. 함께 가져온 짐을 옮기고 어르신들과의 꽃길 산책에 동행했다.

경사가 완만한 오르막 한쪽에 자리 잡은 꽃잔디가 옹기종기 모여 사랑스럽게 웃고 있다. 어르신들도 꽃잔디 속에서 빨강, 파랑, 노랑꽃으로 피어나고 있다. 길을 따라가던 어르신은 아그배꽃이 되었다가 때론 명자꽃이 되기도 한다. 나는 봄꽃을 닮은 어르신들의 모습을 하나라도 더 카메라에 담으려고 연신 셔터를 눌렀다. 그분들 중에 허리가 기역자로 접힌 한 할머니는 꽃 앞에서 활짝 웃으며 사진을 찍어달라신다. 지난해에는 우리에게 폐가 될까 봐 산책을 포기하고 정자에만 앉아 있던 분이다. 또 다른 어르신은 꽃잔디 앞에서 쪼그리고 앉아 얼굴을 꽃 속으로 들이밀고 엄지를 치켜올리며 아이 같은 웃음을 자아낸다.

산책 길을 따라 어르신들과 숲길로 들어서니 상큼한 바람이 분다. 숲에 머물고 있던 바람이 생긋 나를 깨운다. 가슴을 열고 양껏 생기를 마신다. 마음에 찌든 묵은 찌꺼기를 깨끗이 비워낸 느낌이다. 어르신들도 오길 참 잘했다 한다. 그 말을 들으니 더 기분이 좋다.

산책을 마치고 어르신들이 쓰신 글을 돌아가며 낭독하고 서로 마음을 나눈 후 준비한 음식을 펼쳤다. 고추무름에 취나물, 오이소

박이, 두부조림 등 맵지 않아 입맛에 맞는다며 잘 드신다. 한 어르신은 올갱이국이 맛있다며 "아마도 이 맛은 평생 안 잊힐 겨. 소풍을 나와서 더 맛있는 것 같어."라고 하신다. 점심을 다 드시고 나더니 한 분이 흥이 올라 소리 한 자락을 뽑는다. 노랫가락에 취해 춤도 추고 돌아가며 장기자랑도 펼쳤다. 오늘만큼은 농사 걱정, 자식 걱정 다 내려놓고 마음껏 웃는 하루였으리라.

그분들 중에 아흔을 바로 앞둔 어르신이 있다. 이름 석 자를 쓸 줄만 알면 그만할 거라는 말을 입에 달고 사는 그분은 점선을 따라 이름 쓰기만 했었다. 여러 달을 이름만 빼곡히 쓰더니 어느 날 선거 홍보물이 배달되었을 때 당신 이름이 눈에 읽히더란다. 너무 좋아 선생님을 하늘처럼 여길 거라는 어르신의 말씀이 큰 울림을 주었다. 이름도 쓸 줄 몰라 은행에 가서 어찌할 줄 모르고 있으면 직원이 손을 잡고 써 주었다는 얘기며, 흰 것은 종이요 검은 것은 글씨로만 알았다던 말씀이 가슴 뭉클하다. 그 어른이 이제는 이름도 읽고 쓸 줄 알게 되었다고 꽃처럼 환하게 웃는다. 천진난만한 그분의 미소를 보며 천상병 시인을 떠올렸다.

'노을빛 함께 단둘이서/ 기슭에서 놀다가 구름 손짓하면은// 나 하늘로 돌아가리라'

그는 인생을 소풍으로 비유했다. 80대에 이르러 공부를 시작한 어른들이 배움의 기쁨을 느끼며 소풍을 나와 행복해한다. 남은 여정도 소풍 나온 듯 진정한 삶을 즐기셨으면 좋겠다.

쥐불놀이

몇 해 전, 엄마와 함께 산사를 찾았다. 진천에 있는 보탑사다. 산사로 들어선 엄마는 절 마당에 서서 합장한다. 손끝이 미세하게 떨린다. 기도에 간절함이 녹아 있는 듯하다. 거친 머릿결에 주름진 얼굴, 볼록 튀어나온 등은 거북이의 등딱지를 연상케 하지만 기도하는 모습만은 아름답다. 자식들의 무사 안녕을 빌고 비는 엄마의 마음이 내게 그대로 전해진다. 나 또한, 가족의 건강을 축원했다.

절 마당 한가운데에는 보름에 태울 달집의 소원지가 뒤울이와 함께 춤을 춘다. 엄마의 시선이 그곳으로 향한다. 많은 사람의 간절한 새해 소망이 담긴 소원지의 손짓이 엄마의 마음을 움직였나 보다. 둘러보니 절 한편에 세워진 부스에서 소원지 접수를 받고 있다.

그곳으로 발길을 옮겼다. 엄마와 나는 각자의 염원을 담아 소원지에 몇 자 적었다. 우리는 소원지를 정성스레 접어 달집에 매달고 밝게 웃었다. 달집을 보니 문득 어린 시절 대보름날 놀이하던 때가 떠오른다.

야! 오늘은 쥐불놀이다
얘들아, 다 나와
저녁 어스름 둑방길
재잘재잘, 까르르 맑은소리 흥청하다

구멍 숭숭 뚫은 깡통 속에
불붙인 관솔이 박힌 나무토막을 넣고
빙빙, 큰 원 그리며 꿈을 돌린다
활활 타오르는 불꽃, 희망이 솟아오른다

초등학교 시절 나는 정월 대보름날 밤이면 쥐불놀이를 했다. 요즘에는 깡통이 흔하지만, 그때에는 시골 동네에서 구하기 힘든 물건이었다. 오빠들은 어디서 구했는지 깡통을 가져와 굵은 못으로 빙 돌려가며 구멍을 뚫어 주었다. 나무가 잘 타게 하기 위해서다.

오빠들을 따라 죽은 소나무 옹이를 찾아온 산을 오르락내리락했다. 송진이 많이 몰려 있고, 맑고 영롱한 관솔을 구하기 위해서다. 좋은 관솔은 붉은빛이 돈다. 예전에는 여기에 불을 붙여 등불 대신 사용했다고 한다. 아이들은 구멍을 숭숭 뚫은 깡통에 관솔이 박힌 나무토막을 넣어 불을 붙였다. 그리고 동네 앞 둑에 일렬로 서서 큰

원을 그리며 빙빙 돌리기 시작한다. 건넛마을 아이들에게 보여 주기 위해서다. 건넛마을에서도 지지 않으려는 듯 아이들이 우리를 향해 맞서서 돌리고 있다. 그 모습을 멀리서 보면 장관이다.

활활 타오르는 깡통을 돌려서 냇물 건너까지 힘껏 던져 어느 편이 멀리 던지나 시합을 한다. 동네 아이들의 자존심이 걸린 싸움이다. 내가 워낙 넓어 웬만해선 건너까지 던지기가 힘들다. 작고 여린 나는 멀리 던질 수가 없었다. 크게 원을 그리며 계속 돌리기만 했다. 오빠들은 냇물 건너까지 힘껏 던져 냇가의 마른 풀들을 태우기 시작했다. 활활 잘 탄다.

쥐불놀이는 음력 정월, 첫 쥐의 날 밤에 농가에서 벌이는 풍속이다. 이렇게 하면 일 년 내내 병이 없고 재앙을 물리칠 수 있다고 믿었다. 해충의 알이나 쥐를 박멸하고, 타다 남은 재는 다음 농사에 밑거름이 되어 풍작을 이루려는 뜻이 담겨 있다. 지금은 화재의 위험 때문에 사라진 옛 풍속 중의 하나다. 그래도 나는 어린 날, 쥐불놀이하며 지냈던 추억을 가끔씩 꺼내 보며 미소 짓곤 한다.

점점 세시풍속이 사라지고 있다. 그나마 달집태우기는 대보름을 전후하여 지역행사로 이어가고 있어 다행이다. 내가 사는 이곳에서도 정월 대보름이면 달집태우기 행사를 한다. 사람들의 소원을 가득 담은 달집이 서 있다. 정월 대보름날, 제각각의 소원들이 불같이 일어나 그 기운이 하늘에 닿기를 바라는 마음이다.

가슴에 품은 내 고향

마을이 사라졌다. 용이 바위에서 나왔다는 전설이 전해져 오는 용암이다. 산으로 사방을 에두르고 있어 아늑함을 주던 곳이다. 그곳에 식수원을 확보하기 위해 댐을 만들게 되었다. 졸지에 수몰민이 된 마을 사람들은 하나둘 살 곳을 찾아 떠났다. 우리 가족도 1992년에 이곳에서 30~40여 분 정도 떨어진 바닷가 마을에 터를 잡아 새로 뿌리를 내렸다.

양각산 아래에 자리한 고향은 마을 앞으로 성주산 줄기와 외산에서 흘러드는 작은 물길이 합쳐져 웅천으로 흘러간다. 마을에 400여 년 된 은행나무가 있고 뒤에는 '삼사당'이 있다. 삼사당은 고려말 학자 익제 이제현 선생을 기리기 위해 영조 16년(1740)에 후손들이 건립했다. '용암영당'이라는 이름으로 더 많이 불렸다. 문득 마을 구석구석에 묻어있던 내 유년의 단면들이 모락모락 피어오른다.

우리는 골목보다 영당 앞마당에서 많이 놀았다. 그곳에서 줄 긋고 팔방치기, 땅따먹기, 공기놀이하며 활기찬 유년을 보냈다.

봄이면 논에는 붉은 나비가 옹기종기 앉아 볕을 즐기듯 자운영이 흐드러지고, 산에는 꽃분홍 진달래가 봄볕에 서성이고 있다. 사랑이 찾아오길 기다리는가 보다. 들과 산을 누비며 친구들과 수영, 싱아, 찔레순 등을 꺾어 먹었다. 삐비(띠의 어린 순)는 쏘옥 뽑아 한 꺼풀 두 꺼풀 벗기면 나오는 부드러운 속살을 질겅질겅 씹어 먹는 재미가 있다. 씹다 보면 단물과 함께 금방 입안에서 사라진다. 골담초꽃을 따 먹는 재미도 쏠쏠했다. 떡갈나무 여린 잎을 따다 깻잎처럼 차곡차곡 포개어 묶음으로 팔면 돈이 생겼다. 방과 후에 엄마 따라 산과 들을 내 집 안마당 드나들듯 했었다.

태양이 이글거리는 여름이면 멱을 감으며 천렵하는 재미가 그만이었다. 어느 해 여름 언니 따라 냇가에서 천렵했을 때다. 언니들이 민물매운탕에 수제비를 넣어 끓여주는 것을 먹으며 놀았다. 그때 서로 파마를 해준다며 두 살 터울 동생과 아까시나무 잎줄기로 머리카락을 돌돌 말아 파마 흉내를 내며 노는 것에 정신이 팔려 두 살배기 어린 막냇동생이 물에 둥둥 떠내려가는 것도 몰랐다. 뒤늦게 발견하고 언니들이 황급히 동생을 구해냈다. 아찔했던 그때의 일은 다시 겪고 싶지 않지만 놀던 기억만큼은 즐거움 그 자체였다. 산 아래 냇가 둑에는 머루가 지천으로 열렸고, 야산에는 포도 넝쿨 하나가 있었다. 어떻게 그곳에 자랐는지 모르지만, 오랜 세월에 굵어진 넝쿨은 포도송이를 주렁주렁 달고 나를 반겼다. 포도를 입 안에 머금고 놀다 보면 어느새 혀는 보라색으로 물이 들었다.

가을에 막 접어들면 블루베리와 비슷한 정금이 익는다. 친구 이름처럼 친숙한 정금은 육칠월에 붉은빛이 도는 꽃들이 종 모양으로 고개를 숙이고 핀다. 새콤달콤한 맛이다. 그쯤 연녹색 멍개(맹감)가 붉게 익어갈 준비에 들어간다. 다래는 오월에 잎겨드랑이에 하얀 꽃들이 밑을 향해 피고 가을에 황록색으로 익는다. 완전히 익으면 달달하니 맛이 좋다. 미리 따다 항아리에 담아 부엌 한편에 두었다가 먹기도 했다. 서리가 내리면 고욤이 제대로 맛이 든다. 고욤나무 아래서 펄쩍펄쩍 뛰어 잘 익은 고욤을 따 먹으면 씨 뱉기에 바쁘다. 삼켜지는 것이 별로 없지만 별미였다.

뽀드득뽀드득 하얀 눈꽃이 온 세상에 펼쳐지면 가을에 쟁여놓은 고구마를 눈 속에 파묻어 살짝 얼려 먹거나 아궁이 불에 구워 먹었다. 아궁이 앞에 앉아 고구마가 익는 동안 얼굴에 검정 칠을 해가며 놀던 기억이 새롭다. 지금은 보기 힘든 모습이다. 그 시절 우리들은 까르르 깔깔 노는 재미에 해지는 줄도 몰랐다.

이렇듯 가슴 가득 쌓인 추억은 지금의 나를 있게 했고, 그때를 떠올리며 배시시 웃곤 한다. 지금도 가끔 논나시가 생각난다. 우리 동네에서는 개보리뺑이를 논나시라 불렀다. 봄이면 논에 지천인 그 나물은 쌉싸래해서 입맛을 돋운다. 꽃은 노랗게 피는데 아주 작고 앙증맞아 아이처럼 참 예쁘다. 근래에는 빈번한 농약 사용으로 많던 나물들이 사라져 보기 힘들어졌다. 그래서 그 맛이 더 아련하게 떠오르는지도 모르겠다.

어릴 적에 우리 마을은 풍경이 수려해서 군에서는 민속 마을을 만들지 댐을 만들지 사전 답사를 한다는 이야기를 전해 들었던 기억이 어렴풋하다. 어린 마음에 민속 마을로 지정이 되면 학교도 못 가고 친구들과 어울려 놀지 못하고 어쩌나 했다. 어른들께 여쭤보지도 않고 머리를 길러야 하나 걱정하던 일들을 떠올리면 우습기만 하다. 지금은 호수가 되었지만 늘 그리움이 머무는 곳이다.

고향을 사랑했던 아버지는 한눈에 마을이 내려다보이는 양각산 자락, 양지바른 곳에 돌아갈 자리를 마련하셨다. 자식들이 찾아오길 기다리며 그렇게라도 고향을 지키고 싶으셨던 걸 게다.

1996년 봄, 아버지는 영원한 안식을 위하여 고향으로 다시 돌아오셨다. 그해 여름 아버지를 만나러 산소로 가는 길에 내가 살던 옛집이 궁금해 들렀다. 그곳엔 예전에 집이 있었는지조차 알 수 없을 정도로 허허벌판으로 변해있다. 마을이 있던 자리에 쓰레기가 이리저리 나동그라져 주인행세를 하고 있었다. 기억에 남을만한 물건이라도 있나 둘러보았지만, 아무것도 없다. 추억이라도 줍고 싶은 마음에 아슴한 마을 골목골목을 둘러보았다. 이곳이 정말 내가 살던 동네였나, 믿기지 않았다. 오히려 그곳을 찾은 내가 이방인이 된 것 같았다. 세월의 변화 속에 사라진 내 유년의 추억은 그렇게 영원한 그리움이 되고 말았다.

칡꽃차

커피포트에 물을 올린다. 밥을 먹고 나면 자연스레 이어지는 일상의 행동이다. 식후에 차를 마시지 않으면 뭔가 할 일을 빠뜨린 것처럼 허전한 마음이 든다. 문우들과 만나면 꽃차를 마시곤 했는데 코로나19로 차는커녕 만날 수조차 없다. 찻잔에 믹스커피 한 봉을 넣고 물을 부었다. 김이 모락모락 나는 커피 한 모금을 넘기며 지난 한 해를 돌아보니 롤러코스터 같은 일 년을 보낸 것 같다.

코로나19로 인해 지금껏 거의 활동을 하지 못하고 집에 있는 경우가 많았다. 그나마 다행인 것은 6년째 이어온 수필 교실의 열기는 식지 않았다는 것이다. 빠르게 비대면으로 전환을 하여 계속 이어갈 수 있었기 때문이다.

수필 교실 문우들과 함께한 지도 벌써 6년이 지났다. 정말 많은 일이 스쳐 지나간다. 문학기행 떠날 때의 설렘과 매년 성과물인 동인지가 쌓여갈 때, 문우들이 한 명 두 명 등단하며 성장해가는 기

뻠을 함께 나누며 행복해했다. 끈끈한 정을 나눌 수 있는 창이다.

처음 시작했을 때가 가장 기억에 남는다. 이야기를 글로 잘 풀어내지 못해 얼굴 붉히며 글을 읽었던 일, 서로의 추억과 아픔을 공감하고 내 일처럼 울고 웃었던 일들이 파노라마처럼 펼쳐진다. 그중 문우들을 위해 차를 만들려고 꽃을 따러 갔을 때를 생각하면 즐겁고 행복하다. 그때를 떠올리며 내 머릿속은 이미 그 여름으로 돌아가 있다.

텔레비전에서 기품이 물씬 풍기는 여인이 꽃차에 빠져 사는 모습을 보았다. 특히 칡꽃으로 만든 차의 향에 대해 침이 마르도록 예찬했다. 그 말이 마음에 꽂혔다. 어떤 향기일까? 나도 꼭 한번 만들어보고 싶어 정보를 찾아보니 꽃은 팔월에 핀다고 한다. 그러나 이미 시기가 지난 뒤였다. 다음에 꼭 만들어 봐야지 생각했다. 일 년이 지나는 동안 잊고 있다가 우연히 차창 밖의 풍경 속에서 칡넝쿨이 눈에 들어왔다.

'아! 칡꽃차, 꽃이 필 때가 되었지.'

이번엔 놓치지 않으리라. 꽃을 딸 기회만 엿보고 있었다. 하지만 길가를 점령한 칡넝쿨만 보일 뿐 마땅히 채취할 곳이 없었다. 한번 마음에 꽂히니까 뇌리에서 떠나질 않는다. 그렇게 칡꽃앓이를 하고 있는 것을 보고 남편이 나들이 삼아 제천 박달재를 가자고 했다.

길을 나섰다. 고개에 접어드니 살랑살랑 바람이 불어온다. 박달재 표지석 뒤쪽에 앉아 혹시 칡꽃이 있을까 살펴봤다. 주변이 온통 쓰레기로 몸살을 앓고 있었다. 잠시 머무르다 그곳을 빠져나왔다.

이곳저곳을 둘러보다 산 중턱에 자리 잡은 외진 식당을 찾아 들어갔다. 상차림에 비해 가격이 비싸 눈살을 찌푸리며 나오는데 어디에선가 향긋한 꽃내음이 실려 온다. 나도 모르게 이끌려 눈길을 돌렸다. 울창한 숲 사이로 고혹적인 보라색 꽃이 반짝 빛난다. 고대하고 고대하던 칡꽃이 거기에 있는 것이 아닌가! 꽃대는 고양이가 긴 꼬리를 곧추세워 흔들고 있는 것 같다. 다가가 살펴보니, 마치 벌들이 꿀을 빨기 위해 서로 고개를 들이밀고 있는 형상으로도 보인다.

꽃을 한 움큼 땄다. 차를 만들 생각에 한껏 신이 났다. 집으로 돌아오는 길이 구름 위를 날아가듯 가볍다. 오자마자 방송에서 봤던 기억을 더듬으며 살짝 덖었다. 향이 진하다. 뿌듯한 마음으로 바라보다 더 잘해보려고 인터넷을 검색해 보았다. 구증구포해야 한다기에 얼른 증기에 쪘다.

'어, 그런데 이게 웬일인가. 빛깔이 이상해졌다.'

과하면 탈이 난다고 했던가? 한 번도 차를 만들어 본 적이 없던 나는 15초 정도 증기로 쪄야 할 것을, 그 열 배나 되는 시간을 그냥 놔둔 것이다. 향은 다 날아가고 찐 내만 난다. 잠이 안 왔다. 버리려니 아깝고 놔둬야 소용이 없어 한숨만 쉬었다. 그것을 본 남편이 다시 따러 가자며 나를 달랜다.

다음 날 남편과 딸을 앞세워 길을 나섰다. 어제보다 가까운 곳으로 향했다. 전날 비바람이 몰아쳐서인지 꽃이 많이 떨어졌다. 그래도 좋았다. 얼른 훑어 담았다.

집에 와서 냄새를 맡아보니 먼저 땄던 것보다 향은 약하다. 비가 와서 그런지 기후가 달라서인지는 모르겠다. 실망스럽기는 했지만, 증기를 쐬어 그늘에 말렸다. 그러나 이번에는 벌레가 말썽이다. 뜨거운 김을 쐬어도 살아서 꿈틀거리며 푸지게 똥까지 싸 놓았다. 이번에도 망쳐버렸다. 못 쓰게 된 꽃을 들락날락하며 쳐다보고 있는 모습이 안타까웠는지 남편은 주말에 바람이나 쐬러 처가에 가자고 한다.

아침에 서둘러 나섰다. 친정집에 도착하니 점심 먹기에는 이른 시간이다. 남편이 칡꽃을 따러 가자고 한다. 그 말에 내 입가에 미소가 인다. 아버지 산소가 있는 양각산으로 향했다. 가물어선지 넝쿨은 늘비한데 꽃은 보이질 않는다. 뒤적뒤적 꽃을 찾아 땄지만 한 주먹 정도밖에 안 된다. 이 정도라도 어딘가 싶어 기분이 좋아진 나는 얼른 점심을 먹고 돌아왔다.

오자마자 꽃잎을 한 겹 한 겹 펼쳐 살펴보기 시작했다. 벌레가 없는 것으로 세밀히 고른 후에 뜨거운 팬에 덖었다. 하얀 종이를 깔고 펼쳐 말리면서 혹시나 남아 있을 벌레를 두 번 세 번 확인했다.

드디어 완성이다. 마음이 통하는 수필 교실의 그녀들에게 제일 먼저 선보일 생각에 두근두근 떨렸다. 처음 맛을 본다, 향이 은은하다며 반응이 썩 좋다. 유비가 제갈공명을 얻기 위해 삼고초려를 했다면 나는 칡꽃차를 얻기 위해 세 번이나 나들이하지 않았던가! 신기해하며 차향을 즐기는 그녀들을 보니 뿌듯하다. 그들에게서 칡꽃 향이 나는 듯했다.

지금은 코로나19로 두 해째 문우들을 만나지 못하고 있다. 꽃향 가득한 수필 교실에서 차를 마시며 도란도란 마음을 나눌 수 있는 일상이 빨리 돌아왔으면 좋겠다. 일곱 빛깔 그녀들의 아름다운 인생이야기를 듣던 그때가 그립다.

5

깜깜 절벽 앞에서

이웃

앞집에 새로 이사를 왔다며 떡을 가지고 왔다. 다섯 살과 돌이 안 된 아이를 둔 부부다. 문 앞에서 인사를 하며 잘 부탁한단다. 첫인상이 좋았다. 평소 이웃과 합이 맞아야 지내기가 편하다고 생각했는데 다행이다.

전에 살았던 분은 나이 지긋한 부부였다. 나쁜 사람으로 보이지는 않았지만, 왠지 느낌이 부담스러웠다. 이사를 온 후 문 앞에서 한두 번 인사를 나누고는 한동안 얼굴이 보이지 않았다. 몇 날 며칠 택배 온 물건이 문 앞에 놓여있었다. 그러고 얼마 후 우연히 얼굴을 마주하게 되었다.

"그동안 집에 안 계셨나 봐요."

나의 물음에 다른 곳에도 집이 있어서 왔다 갔다 한단다. 무슨 일이 있으면 전화를 해 달라고 대뜸 연락처를 알려준다. 그리곤 앞으로 좋은 말을 전하고 싶다며 전화번호를 묻는다. 순간, 오가다 당신의 종교를 말하며 내게도 종교가 있느냐고 물어오던 생각이 났다. 지레짐작으로 그분이 당신의 종교를 권유할 것만 같았다. 일이 있으면 전화를 드릴 테니 찍힌 번호로 하면 된다고 하고는 집으로 들어왔다. 그리곤 일정한 거리를 두고 내가 먼저 보이지 않는 선을 그어 버렸다.

그 후로 만나면 인사는 했지만, 연락처를 알려주지 않은 것이 내내 신경이 쓰였다. 마음이 여간 불편한 것이 아니었다. 끝내 마음을 터놓고 대화를 나누지 못하고 4년이라는 시간이 흘렀다. 어느 날 그분은 말없이 이사했다.

생각해보니 오래전에 이웃과 처음으로 싸웠던 일이 트라우마로 남아 있어 나도 모르게 경계를 한 것 같다. 아들이 다섯 살 때쯤이다. 토요일 오후, 아파트 단지 내로 동네 아이들과 자전거를 타고 놀러 나갔다. 나간 지 얼마 안 되었는데 어떤 젊은 남자가 잔뜩 겁먹은 아이를 앞장세워 집으로 찾아왔다. 아들은 금방이라도 울음이 터질 것만 같았다. 눈으로 얼른 아이와 그 남자의 상태를 살피고 상황을 파악했다. 이야기인즉슨, 애가 자전거를 타다가 사람을 발견하고는 브레이크를 잡았지만, 순간 부딪쳤단다. 그 사람은 생채기가 났다며 보여 준다. 나는 미안한 마음에 많이 다치진 않았는지 묻고 대신 사과를 했다. 그러나 그는 내 말은 삼키고 자신의 말만 토해낸다. 치킨을 사 오다가 일이 일어났으니 보상을 해달라고 했다. 얼른 치킨값만 물어 주었다. 그러자 남자는 치킨을 툭 던져 놓고 뒤돌아간다. 그때 옆집 할머니가 봉지에 들어있는 치킨을 살

펴보더니

“멀쩡하기만 하구먼. 그냥 먹어도 되는데 이우지(이웃)에서 물어 달라니 야박도 하다.”라고 한마디 한다.

다음날 그 사람한테서 전화가 왔다. 사람은 괜찮은지, 전화 한마디가 없다며 따진다. 이야기를 듣는 순간 황당해 미안함보다는 어이가 없어 할 말을 잃었다. 전날 부딪친 부분을 살펴봤을 때 상처가 얕아서 별것 아니라는 생각을 했기 때문이다. 곧이어 치료비를 받으러 온다는 것이다. 그러라고 했다.

잠시 후 집으로 찾아온 그 남자는 일요일에 부천시에 문을 연 병원이 없어 김포까지 갔다 왔다면서 치료비 이야기를 한다. 얼마 들었는지 물었더니 진찰비와 연고 하나를 약국에서 샀다며 영수증을 보여 준다. 5천 원도 안 되었다. 돈을 주고 돌려보내려고 하는데 그 사람은 또다시 전화로라도 많이 아픈지 안부를 묻지 않았다며 화를 낸다. 갑자기 화가 치밀었다. 이때부터는 나도 말이 곱게 나가질 않았다. 정말 작은 생채기 하나 가지고 그러느냐, 해도 해도 너무한다며 나도 언성을 높였다.

이 상황을 다 지켜본 옆집 할머니는 나보다 더 어이가 없다며 기막혀했다. 많이 다친 것도 아닌데 아이와 부딪친 것을 가지고 젊은 사람이 그러면 못 쓴다고, 세 살짜리가 달리면 얼마나 세게 달렸겠냐며 역정을 내신다. 그리곤 돈 받았으면 빨리 가라고 한다. 할머니는 일부러 아이 나이도 적게 이야기하며 그 사람을 나무랐다. 그러자 같은 층 애기엄마들도 하나둘 나와 말을 거든다. 남 앞에서 말 한마디 못 하던 내가 어느새 싸움닭이 되어있었다. 한층 힘이 들어간 목소리로 말하자 그는 아줌마들 기세에 눌렸는지 꽁지 빠지게 도망치듯 가버린다. 천군만마를 얻은 것처럼 든든했다.

그 뒤 이웃 간에 날을 세우는 사람이 있으면 나도 모르게 경계를 하곤 했다. 그러나 다 그런 것은 아니다. 때때로 마음이 쉽게 열리는 사람도 있다. 나도 그런 사람 중의 하나였으면 싶다. 이번에 이사 온 사람에게는 내가 먼저 마음을 열고 다가갔다.

"똑똑, 복숭아 맛 좀 보세요."

오늘 산 복숭아를 들고 앞집의 문을 두드렸다.

상엿소리

5월이면 농다리 축제가 열린다. 한결같이 천년을 지켜온 돌다리를 건너보는 것도 좋지만 상여 나가는 의식을 재현한 옛 풍속이 볼만했다. 상여 의식은 한 번도 가까이 가서 본 적이 없었다. 문득 둘이 걷기에도 좁은 농다리를 어떻게 건널까 궁금했다.

첫머리에 만장(輓章)을 든 사람들이 줄지어 가고, 그 뒤를 요여(腰輿)가 잇는다. 만장은 죽은 사람의 신분을 밝히기 위해 품계, 관직, 성씨 등을 알려주는 거다. 그리고 요여는 상여가 묘지로 향할 때와 돌아올 때 신주와 혼백, 향합 등 영좌(靈座)에 놓았던 물품을 받는 데 사용하는 작은 가마다. 이승에서 못다 한 삶에 대한 미련인가. 좌우로 흔들린다. 그 뒤를 화려한 꽃상여가 따른다.

상여는 양쪽으로 여섯 명씩 메고 요령 소리에 맞춰 앞소리꾼이 이끄는 대로 V자를 그리듯이 돌다리를 지지해서 건너고 있다. 합을 맞추어 좁은 다리를 건너는 모습이 신기했다. 이때 앞소리꾼이 요령을 흔들며 선창으로 소리를 메기면 뒤따르는 상여꾼이 받는다. 그 소리가 구성지게 들린다. 이 광경을 보니 어릴 적 낯선 기억이 되살아났다.

일곱 살 때다. 그해 여름, 냇물 건너에 있는 초등학교 교감 선생님이 손바닥만 한 물고기를 잡았다고 할아버지께 자랑하셨단다. 그 이야기를 듣고 샘이 난 할아버지는 당장 은어를 잡아 오라고 식구들에게 호통을 치셨다. 중학교 1학년인 오빠는 어른의 키보다 깊은 곳이라 못한다며 내뺐다. 아무도 나서지 않았다. 안 되겠다 싶으셨는지 칠순이 넘은 연세에 당신이 잡아 오겠다며 큰소리로 호언장담을 하고는 식구들 만류에도 그물을 치러 가신다고 했다.

곧바로 할아버지는 벼리를 당겨 걸어 둔 그물을 내리더니 어깨에 걸치고 "네놈들이 안 잡아 주면 내가 못 먹을 것 같으냐. 내가 잡으면 되지"라며 집을 나섰단다. 할아버지의 완강한 어조에 식구들은 어찌하지 못했다고 한다.

저녁나절, 둑 위에서 염소몰이를 하고 있던 둘째 할아버지가 건너 냇가에 허옇게 무언가 떠오르는 것을 보았다고 한다. 자세히 보니 형님 같다며 다급히 엄마에게 알렸다. 엄마는 저녁을 하다 말고 당고모부와 함께 그곳에 가서 할아버지의 시신을 수습했다. 축 늘어진 할아버지를 집까지 모셔왔다. 물속에 있어서 얼마나 무겁던지 한걸음 옮기기도 힘들었다고 한다.

멀리서 그 광경을 바라보던 어린 나는 무슨 상황인지 어리둥절했다. 할아버지가 돌아가셨다는 말을 들었지만, 그것이 무엇을 의미하는지 이해하지 못했다. 마루 귀퉁이에 앉아 사람들을 물끄러미 바라보며 큰일이 생겼구나 했다.

할아버지도 옛 풍습대로 장례를 치렀다. 그로부터 삼 개월쯤 지났을 때였다. 요란한 소리가 나고, 하얀 천을 길게 늘어뜨리고 무언가를 했다. 아주 이상한 행위였다. 나는 처음 보는 낯선 광경에 눈이 휘둥그레졌다. 세월이 흘러 엄마에게 그때 무엇을 한 것인지 물었더니 넋 건지기를 한 것이란다. 물에 빠져 돌아가신 분은 넋을 건져줘야 한단다. 그렇지 않으면 영혼이 물속에 있어 좋지 않다는 것이다. 오전부터 준비하여 법사가 영혼을 달래는 경을 읽으며 넋 건지기 굿을 했다. 그러나 해가 다 가도록 넋이 나오질 않아 큰아버지는 화를 내셨다고 한다.

처음부터 다시 하기로 했다. 엄마는 부정 탈까 봐 아무도 못 오게 하고 정성스레 방아를 찧어 키로 일곱 번 까불어서, 평소 할아버지가 드시던 그릇에 흔들어도 쌀이 줄지 않게끔 다복다복 담았단다. 그리곤 뚜껑을 덮고 그릇에 틈이 생기지 않도록 긴 소창의 끝부분에 돌려 묶었다. 그렇게 준비한 것을 할아버지가 돌아가신 물속에 넣고 소창을 천천히 잡아당겼다. 앞서 했을 때는 아무리 해도 물속에서 꿈적하지 않던 식기가 뒤집어져 둥둥 떠오르더란다. 그것을 건져 열어 보니 쌀 가운데에 수염 같은 것이 꼿꼿이 서 있어 소름이 돋았다 한다. 다시 경을 읽고 고이 싸서 집으로 모셔와 제를 지냈다. 그리곤 지청에서부터 싸리문 밖까지 소창을 늘여놓고 길닦이를 했다. 그 다음 혼백이 들어있는 식기를 산소에 묻었다고 한다. 어렸지만 어른들의 표정에서 슬픔을 느낄 수 있었다.

요즘은 상여 나가는 풍습이나 넋 건지기 굿 같은 것은 거의 사라지고 옛 모습을 재현하는 행사에서나 볼 수 있다. 상업성 장례식장 문화가 발달하면서 영구차가 상여를 대신하는 시대다. 상여를 멜 줄 아는 젊은이도 없다. 요령잡이도 문화재감이다. 전통적인 장례문화는 이제 사라졌다. 농경문화에서 산업화 시대가 되면서 편리에 길들여진 탓이다. 축제장에서 볼 수 있는 것만도 다행이다 싶다.

오늘만큼은 지역축제 행사로 만난 장례문화여서 그런지 '이승에서 저승으로 가는 길, 미련 두지 말고 잘 가라'는 상엿소리가 슬프게 들리지는 않았다.

화랑곡나방

집안에 또 나방이 한두 마리씩 날아다닌다. 쌀에 기생하는 것들이다. 이태 전에도 그랬다. 폭염이 한풀 꺾여 갈 무렵, 바구미와 화랑곡나방이 우리 집에 살림을 차렸다. 친정에서 쌀을 가져왔는데 언뜻 바구미가 보였지만 여름이면 흔히 보던 쌀벌레라 신경을 쓰지 않았다. 먹던 쌀을 다 먹고 새 포대를 풀었는데 어느새 애벌레가 쌀눈을 파먹어 들어가고 있다. 바구미는 제집 인양 아예 쌀가마 안에 터를 잡고 주인행세를 한다.

바쁘다는 핑계로 며칠을 그냥 놔두었더니 애벌레가 번데기 과정을 거쳐 나방이 되어 천장을 점령했다. 밤만 되면 더 활개를 치는 놈들을 잡느라 온 식구가 천장으로 뛰어오른다. 이것만으로는 안되겠다 싶어 특단의 조치를 취했다.

남편과 같이 쌀자루를 차에 싣고 '엽돈재 날망'으로 갔다. 돗자리를 펼쳐놓고 쌀을 쏟았다. 그리고 한참을 쪼그리고 앉아 쌀에 붙어 있는 벌레들을 골라내며 바구미와 나방을 날려버렸다. 한여름 신나게 활동했던 녀석들이다.

낟알에 사는 쌀벌레들은 29~30℃에 가장 활발하게 움직인다고 한다. 어떻게 나방에 화랑이라는 이름이 붙었는지는 몰라도 내가 아는 화랑의 의미와는 전혀 맞지 않는 녀석들이다. 화랑곡나방은 여름철 면류나 당류의 식품 속까지 침범하는데 한 해에 6천 건 이상 발견된다고 한다.

'엄마가 손수 농사지어 주신 쌀을 함부로 파먹다니….'

쌀을 잘못 보관하여 벌레가 대들게 한 내 잘못은 뒤로하고, 벌레들에게 얄미운 마음이 먼저 든다. 눈을 파 먹힌 쌀을 다시 쓸어 모아 포대에 담아왔다. 저녁에 깨끗이 씻어 밥을 지었다. 벌레가 살았던 쌀이라고 생각이 안 들 정도로 밥맛은 괜찮았다.

저녁을 먹고 치우는데 어느 틈에 숨어있었는지 몇 마리가 다시 날았다. 추워지기 전에 종족 번식을 위해 마지막 몸부림을 치는 모양이다. 대여섯 마리가 내 눈에 걸려들었다. 휴지로 덮치고 보니 몸체도 없이 까만 가루로 부서진다. 남의 것을 함부로 탐한 한 생애의 말로가 허망해 보인다.

'어떻게 살아야 바르다 할 수 있는가.'

건들바람이 코끝을 타고 넘는다. 밤이면 겉옷이 필요할 만큼 쌀쌀한 기운이 내 몸에 스며든다. 들녘은 이른 벼가 노랗게 익어가고 있다.

햅쌀이 나올 때가 되었나 보다. 요맘때쯤 유난히 쌀벌레들이 많이 보인다. 얼마 남지 않은 묵은쌀이 그래도 인정이 있다는 걸 벌레들도 알고 악착같이 기생하려는 것이리라.

조금이라도 너그러운 틈만 보이면 파고들어 제 이익만 챙기려는 인간들에 비하면 바구미와 화랑곡나방은 그래도 사람을 상하게 하지는 않는다. 이 세상에는 미물보다 못한 인간이 얼마나 많은가.

풀꽃 나들이
–풀꽃문학관을 다녀와서

살랑살랑 꽃바람 불던 날이다. 우연히 나태주 시인의 〈풀꽃〉이라는 시가 눈에 들어왔다.

자세히 보아야 예쁘다
오래 보아야 사랑스럽다
너도 그렇다

'아하! 그렇지, 자세히 들여다보면 그 꽃이 얼마나 예쁜지 알 수 있지' 무릎을 '탁' 쳤다. 풀꽃은 보면 볼수록 그 꽃만의 매력이 느껴진다. 예전부터 들꽃에 관심이 있던 터였는데 그 시를 읽고 나니 풀꽃에 더 마음이 간다. 단 세 문장으로 된 시 한 편이 내 마음을 흔들었다. 그래서인지는 공주에 있는 '풀꽃문학관'에 꼭 한 번 가보고 싶었다. 마음먹고 봄볕 좋은 날을 골라잡았다. 시인을 만날 수 있을까. 기대에 부풀어 외출준비를 하고 풀꽃 향기 그윽한 곳이길 고대하며 문학관으로 향했다.

한 시간여쯤 걸려 도착한 문학관은 작고 아담한 일본식 가옥이다. 일본 강점기에 법원 관사로 쓰였던 곳이란다. 상상했던 문학관의 모습과는 사뭇 달랐지만, 옆집에 놀러 온 것처럼 친근했다.

입구 한쪽 귀퉁이에 자리 잡은 탱자나무가 먼저 눈인사를 한다. 곧 꽃망울을 터트릴 모양이다. 가까이 오지 말라. 온몸에 가시를 세워 경고하고 있지만, 나에겐 안 통한다. 어릴 적부터 자주 접했던 아주 익숙한 나무이기 때문이다. 탱자나무 가시는 삶은 다슬기를 빼내는데 제격이다. 가시로 빼낸 알맹이는 국이나 된장찌개, 고추장에 버무려 반찬으로 먹었다. 탱자나무는 어린 시절 추억을 끄집어내 주는 아주 반가운 나무다.

이곳에 오기 전 인터넷으로 검색해 보니 자전거가 세워져 있으면 나태주 시인이 계신 거라고 한다.

'자전거가 세워져 있을까?'

혹시나 하는 마음에 콩닥콩닥 가슴을 설레게 한다. 만나면 무슨 말부터 할까 흥분이 가시질 않는다. 어! 자전거가 없다. 문학관 안으로 들어서니 선생은 없었지만 직접 그린 풀꽃에 아기자기한 시들이 함께 노닐고 있다.

나태주 시인은 해방둥이로 서천에 있는 외가에서 태어나 자랐다고 한다. 그 후 공주사범학교를 나와 교직 생활을 했고, 1971년 〈대숲 아래서〉로 서울신문 신춘문예에 당선되어 등단했다. 인연이 깊은 공주에서 현재까지 계속 작품 활동을 하고 계신다.

그는 무심히 지나치던 풀꽃에 의미를 부여하고 사람들이 쉽게 이해할 수 있도록 글로 옮겼다. 서정적인 시 구절에 자연을 노래하고 선생의 인생을 담아낸 듯하다. 시를 읽고 있으면 눈앞에 고향의 뒷동산이 보이고, 내가 살던 옛집도 선하다. 집에 다녀가셨던 인자한 외할머니의 얼굴도 떠오른다. 마음이 편안해진다. 시인은 일상의 작고 흔한 것, 흘려버리기 쉬운 것들을 일깨우는 묘한 매력을 지녔다. 선생의 또 다른 시 중에 유독 눈에 들어오는 글귀가 있다. 〈몽당연필〉이라는 작품이다.

> 상처 입고 망가지고/ 닳아질 대로 닳아진 키 작은 녀석들 (중략) 아내도 나에겐 하나의 몽당연필이다/ 많이 닳아지고 망가졌지만/ 아직은 쓸모가 남아 있는 몽당연필이다

시를 여러 번 반복해서 읽어봤다. 문득 짤막해진 몽당연필이 친정엄마의 손가락 같아 보인다. 황소같이 일만 하며 깡으로 살아내느라 닳고 닳아 손톱깎이가 필요 없었던 몽땅한 손가락이다. 나와 엄마의 인생은 또 얼마나 닮아 있을까. 그래도 아직은 쓸모가 남아 있다는 말에 조금은 위안을 얻는다. 나 또한 누군가에게 쓸모가 있는 몽당연필이었으면 한다. 볼펜 깍지에 끼워 쓰던 몽당연필도 이렇게 훌륭한 소재가 되어 읽는 이들에게 공감을 불러일으킨다. 선

생의 관찰력에 새삼 놀랍다.

문학관을 소개하는 이를 통해 시인의 인생을 들여다보고, 문학관 뜰로 나섰다. 뜰에 자리 잡은 풀꽃이 예사롭게 보이지 않는다. 하얀 할미꽃으로 시선이 갔다. 흰 할미꽃은 처음 본다. 백발 성성한 할머니가 따뜻한 볕에 앉아 재미있는 옛날이야기를 들려줄 것만 같다. 그 옆에는 보랏빛 제비꽃이 자리 잡고 있다. 반갑다. 제 뿌리 내릴 틈만 있어도 비집고 들어앉는 제비꽃을 보며 문학관 지킴이에게 얼마 전 지인 집에서 본 남산제비꽃에 관해 이야기했다. 흔한 야생화는 아닌데 주변에서 꽃씨가 날아들어 그 집에 터를 잡았다고 했더니 꼭 보고 싶다고 한다.

짬을 내어 다녀온 문학관, 풀꽃을 통해 비로소 오늘이라는 시간이 소중하다는 것을 알게 되었다. 나들이하면서 나를 위한 시간을 자주 갖고 싶어졌다. 하찮게 뽑혀 나갈 풀꽃이라도 누군가에게는 소중하고 아름다운 꽃이 되듯이 나 자신을 사랑하는 법부터 배우고, 아름다운 풀꽃으로 머물 수 있도록 가꿔 나가고 싶다.

강구항에서

비릿한 냄새가 폐부 깊숙이 스며든다. 조용히 숨을 뱉는다. 낯설지 않은 내음, 비로소 바닷가에 왔음을 실감한다.

얼마 전 상주~영덕 구간 고속도로가 개통되었다는 소식을 접했다. 우리 집에서 2시간 반밖에 안 걸린다고 했다. 퇴근한 남편에게 이야기했더니 대뜸 대게를 먹으러 가자며 날을 잡아보란다. 나는 머리가 묵직한 상태로 한동안 두통에 시달리던 참이었다.

드디어 길을 나섰다. 사통팔달이라는 말이 확 와닿는다. 도로가 정말 잘 닦여져 있다. 얼마 전까지만 해도 그곳에 가려면 반나절 이상 걸렸다.

강구항의 대게 거리에 도착해 이리저리 식당을 물색하기 시작했다. 주차장이 완비된 어느 식당 앞에 차를 멈췄다. 어서 오라며 불러들이는 젊은 아저씨에게 이끌려 그의 앞에 섰다. 그는 박달대게가 살이 꽉 차 먹기에 좋다고 권한다. 장사수완이 좋은 아저씨의 말에 절로 군침이 돌았다. 남편은 대게는 살이 적다며 박달대게를 가리킨다. 생각보다 가격이 비싸 잠시 머뭇거리는 내게 그 게는 원래 그렇다며 세 마리를 주문한다. 인심 좋은 아저씨는 덤으로 홍게 두 마리를 더 얹는다.

전망 좋은 2층의 창가에 자리를 잡았다. 자연스럽게 시선이 바다로 향했다. 작은 배들이 간간이 드나든다. 갈매기들은 호시탐탐 먹을 것을 노리며 배 주위를 맴돌다 어선의 꽁무니를 따라 움직인다. 맞은편 등대 주변에서 낚시하는 사람들도 보인다. 평화로운 어촌 풍경이다. 그사이 잘 쪄진 대게가 상에 올라왔다. 맛있겠다.

딸아이는 대게를 처음 먹어 본다. 먹는 것이 서툰 아이에게 살 바르는 방법을 가르쳐주고 있는데 식당 아주머니가 다가와 먹기 좋게 발라준다. 딸애는 밝게 웃으며 "고맙습니다." 인사를 건네고는 발라주는 대로 잘 먹는다. 접시에 놓인 게살이 순식간에 사라진다. 먹는 모습만 봐도 흐뭇하다. 나는 그제야 한입 넣었다. 대게의 부드러운 속살은 입안에서 씹을 것도 없이 목으로 넘어간다.

아주머니는 고속도로가 개통되면서 손님이 많이 늘어 평일에도 사람이 북적댄단다. 다들 먹고살기 힘든데 그나마 다행이라며 웃음을 짓는다. 형편이 나아졌다는 말에 문득 친정엄마가 떠오른다.

우리 집은 고향에 살 때만 해도 농사를 지어 겨우 식량을 해결할 정도여서 먹고 살기가 무척 힘들었다. 늘 돈이 부족해 종종댔다. 자식들이 커 하나둘 집을 떠나 자기 앞가림을 할 즈음 토지 보상을 받아 다른 곳으로 이주를 하면서 형편이 나아졌다.

이주하여 낯선 환경에 어울려 살려고 많은 노력을 했다. 수도꼭지에서 나오는 물은 소금기가 남아 있어 마실 수가 없었다. 멀리 떨어진 약수터에서 떠다 마시기도 하고 사 먹기도 했다. 염분으로 인해 가전제품은 쉽게 녹이 슬었다. 동네 곳곳에 바지락껍질이 산처럼 쌓여 있고, 그곳에서 진하게 풍기는 비릿한 냄새와 바다의 습한 기운 때문에 처음엔 적응이 잘되지 않았다. 물선 곳에 새로 뿌리를 내리기까지 힘은 들었지만, 동네 분들이 따뜻하게 맞아주어 친분을 쌓았다.

그렇게 아버지는 동네 사람들과 정을 담뿍 들여놓고, 이사한 지 4년째 되던 해에 돌아가셨다. 엄마는 짝 잃은 외기러기마냥 한동안 힘들어했다. 밭을 매다가도 구석진 곳에 가서 몰래 우셨다.

세월이 약이라고 했던가. 시간이 지나면서 엄마는 마음에 여유가 생겼다. 요즘은 동네 어른들과 어울려 밥도 먹고 여행도 하면서 노년을 즐기고 계신다. 친화력이 좋은 엄마는 동네 사람들에게 인기가 좋다.

식당에서 나와 바로 앞에 있는 어시장으로 향했다. 바닷가재, 대게, 청어과메기, 활어, 어패류 등 다양한 해물들이 선을 뵈며 서로 간택해주기를 기다린다. 작은 배에서도 대게를 놓고 사람을 불러들인다. 사람 냄새가 나는 곳이다. 이곳에 터전을 잡고 살아온 어부며, 시장 상인들의 우직하고 강인함을 엿본다. 그들의 활기찬 모습을 보며 무기력했던 나의 마음을 다잡는다.

경고

숨이 턱턱 막힌다. 폭염은 해가 갈수록 더 심해지는 것 같다. 올해는 코로나19로 사람들 만나는 것조차 조심스럽다. 며칠째 집에만 있었더니 갑갑하다. 기분전환을 위하여 애들과 같이 드라이브라도 하려고 집을 나섰다. 가끔 가던 박달재로 향했다.

구불구불한 길을 따라 오르면 고갯마루가 나온다. 도착하자마자 차에서 내렸다. 선비 박달과 금봉낭자의 비극적인 사랑 이야기를 배경으로 탄생한 '울고 넘는 박달재' 노래로 유명한 곳이기도 하다.

우리는 땀이나 식히며 쉬었다 가려고 앉을 곳이 있는 나무 그늘로 찾아 들었다. 여기 오면 늘 쉬었다 가는 바위가 있다. 그곳에 걸터앉으려고 엉덩이를 들이미는 순간 나방 몇 마리가 달려든다. 쫓으려고 양손을 휘저으니 가루를 뿌리며 텃세를 부린다. 그놈들이 날자마자 알레르기에 약한 우리는 사방팔방으로 가루를 털어내느라 정신이 없었다. 무방비 상태로 당하니 절로 눈살이 찌푸려졌다. 완강하게 저항하는 내게 어지간히 놀랐는지 더는 달려들지 않았다. 도대체 어떻게 생긴 놈들인가 싶어 주변을 살폈다. 매미만 한 나방들이 돌 아랫부분에 다닥다닥 붙어 사람이 와도 꼼짝을 안 한다. 간 큰 놈들이다. 나방 주변을 자세히 보니 저마다 뭉텅뭉텅 똥까지 싸 놓은 듯하다. 그들에겐 먹을 것이 천지인 이곳이 명당자리인가 보다.

문득 얼마 전 뉴스에서 보았던 나방인가 싶어 휴대폰으로 검색을 해보았는데 바로 그놈이다. 매미나방. 주변을 둘러보니 바위는 물론 나무며 건물까지 온통 나방으로 뒤덮여 있다.

남편은 그놈들을 잡겠다고 나뭇가지 하나를 들고 적진으로 들어갔다. 애국지사 이용태, 이용준 형제를 기리는 비석 주변에 쪼그리고 앉아 한참 동안 그놈들과 싸우고 있다. 끝이 없다. 6·25 한국전쟁 때 떼로 밀려오던 중공군을 방불케 한다. 나는 수적으로 불리하니 그만 멈추라고 했다. 남편은 그렇게 한참을 고군분투하더니 포기하고 나왔다. 많아도 너무 많아 스스로 항복하고 만 것이다.

산림 훼손의 주범인 매미나방은 한 번에 300마리 정도의 알을 낳는다고 한다. 그러고 보니 나방의 주변에 있던 것은 똥이 아니라 알을 까놓은 것이다. 나방의 유충이 번데기가 될 때까지 많은 양의 나뭇잎을 갉아 먹어 나무가 고사한단다. 이름값을 하느라 매미처럼 나무에 착 달라붙어 기생한다. 유충의 털이나 성충의 가루는 두드러기나 피부염을 일으키기도 한다. 매미나방은 겨울을 날 때 추울수록 그 개체 수가 준다는데 지난겨울 춥지 않았던 탓에 이번 여름에 기승을 부린다. 지구온난화 현상으로 생태계가 위협을 받고 있다.

지난해 음식물 쓰레기를 이용한 액화 비료가 원인이 되어 파리 떼가 출몰한다는 뉴스를 접한 적이 있다. 아무리 박멸해도 없어지지 않아 피해가 컸다는 것이다. 몇 년째 모기떼의 습격을 받는 곳도 있다. 원인을 알 수 없는 이상 현상이다. 매미나방과 같이 떼로 몰려들어 인간을 공격하는 것은 자연을 함부로 한 인간에 대한 경고인지도 모른다.

어디서부터 잘못된 것인가. 자연은 자연스럽게 두어야 하는데 인간이 너무 개입했다. 자연 그대로를 보전한 곳이 그리 많지 않다. 사람들의 발길이 잦아지면 반드시 훼손된다. 내가 가끔 박달재를 찾았던 것은 시원한 풍광과 자연 바람이 좋아서였다. 박달도령과 금봉낭자의 풋풋한 사랑을 느낄 수 있었던 것도 한몫했는데 이곳도 오염이 되나 보다. 되돌리는 발길이 그리 가볍지만은 않다.

불편과 편리

한낮 볕은 따갑지만 아침저녁은 제법 쌀쌀하다. 어느새 가을이 오고 있는 거다. 계절별로 절 마당을 예쁘게 잘 가꾸어 입소문이 난 보탑사로 가기 위해 읍내에 있는 여성회관 앞에 모였다. 화재 예방 캠페인을 하기 위해서다.

여성의용소방대에서는 한 달에 한 번 정기적으로 불조심 캠페인을 펼친다. 오늘은 보탑사에서 벌일 예정이다. 읍내에서 조금 떨어져 있어 차로 이동을 했다.

같이 동승한 대원들이 가면서 이런저런 이야기를 풀어놓는다. 단골로 등장하는 자식들 이야기가 주로 이어졌다. 아이를 키우는 얘기, 취직 이야기, 살면서 있었던 일화 등 사소한 이야기들이 물꼬를 트고 흐른다. 까르르 소리가 차창을 넘는다. 금세 화사한 얼굴로 서로를 바라보며 이야기가 무르익었다.

이야기꽃을 피우는 사이 보탑사 진입로에 다다랐다. 그곳은 교행이 어려울 정도로 좁은 외길이었다. 대형버스의 경우 아슬아슬

간신히 통과할 수 있을 정도였다. 오랜 세월 수많은 민원 끝에 겨우 도로를 확장하여 양방향이 시원하게 뚫렸다. 참으로 우여곡절 끝에 이루어진 일이다.

처음엔 확 달라진 도로를 보고 반가웠다. 그러나 왠지 휑한 느낌이다. 길 양옆 아름드리나무들이 사라져 오솔길의 운치도 없고, 분위기가 삭막해졌다. 뺄쭘하게 서 있는 전봇대에 전선이 어지럽게 드러났다. 동행한 이들 역시 한 번쯤 걷고 싶었던 오솔길에 대한 낭만이 사라져 서운하다고 말한다. 숲이 주는 맑은 공기와 자연에 힐링하며 걷던 정겨운 풍경을 다시 볼 수 없게 됐다.

얻는 것이 있으면 그만큼 잃는 것도 많다는 말이 실감 난다. 나무 그늘로 터널을 이루었던 오솔길을 내어주고 버스가 마음 놓고 달릴 수 있는 너른 길을 얻은 보탑사도 이것을 원한 건 아닐 것이다. 진입로 공사는 오늘날의 개발 행태의 현주소를 그대로 보여 주고 있다. 길 넓혀 달라 아우성치던 때를 생각하면 군소리 없어야겠지만 이왕 넓히는 김에 시공사 측에서 조금만 더 배려하여 운치를 살렸더라면 하는 아쉬움이 크다.

캠페인을 마치고 돌아오는 내내 '불편과 편리'에 대한 물음이 머릿속을 맴돈다. 조금은 불편하더라도 옛것과 공존할 방법은 없는가. 편리성을 추구하는 것만이 옳은가.

나만이라도

봄철이면 늘 단골처럼 등장하는 단어가 있다. 미세먼지와 초미세먼지, 그리고 황사다. 일기예보에 빠지지 않고 날마다 전해주는 것은 그만큼 심각하다는 증거다.

처음엔 미세먼지의 농도가 높다 해도 피부에 와닿지 않았다. 내게 미치는 영향이 미미하다 느꼈기 때문이다. 날이 갈수록 눈이 맵고 매캐한 냄새 때문에 코와 입을 마스크로 가려야 했다. 점점 오염 상태가 심각해지고 있다. 온전한 햇빛을 본 날이 며칠이던가. 오죽하면 아이들이 하늘을 황토색으로 칠해 놓을까. 알만하다. 처음에는 봄철에만 불청객으로 여겨지던 것이 요즘은 계절과 상관없이 온다. 어느 날부터인가 일기예보에서 그날의 미세먼지와 초미세먼지 농도를 전해 들을 때마다 오늘은 창문을 맘껏 열 수 있겠구나, 아니면 마스크라도 써야 하는지 확인하는 버릇이 생겼다. 나도 그렇지만 아이들 건강 때문에 더 챙겨보게 된다.

15년 전 내가 진천으로 이사 올 때만 해도 이곳의 공기는 맑은

편이었다. 그때는 공장이 지금처럼 많지 않아 제법 시골다운 느낌이 있었다. 그러나 지금은 많이 변해가고 있다. 산을 밀어 새로운 건물을 올리고 골짜기 구석구석 공장들이 차지하고 있다. 너른 들과 산이 점점 사라지고 있어 안타까운 생각마저 든다.

요즈음 이렇게 심각한 대기오염을 피부로 느끼면서도 다 남의 탓으로만 여겼다. 가까운 거리임에도 걷지 않고 으레 자동차 열쇠부터 찾는다. 바쁘다는 핑계로 자동차를 끌고 나서는 것을 당연시했다. 자동차 한 대를 움직이기 위해 배출한 배기가스가 얼마이던가.

집안에서도 마찬가지다. 한겨울에 반팔 차림을 했다. 난방비 폭탄을 맞고 나서 정신을 차렸지만, 환경에 관심이 있었던 것은 아니었다. 그때는 왜 생각을 못 했을까. 난방을 하기 위해 가스가 필요하고 그것을 얻기 위해서 또 얼마나 많은 자원을 캐내야 한다는 것을.

우리는 일반적으로 대기오염의 원인이 주로 자동차의 배기가스, 공장에서 분출되는 각종 오염물질, 축산업 등이 환경파괴의 요인이라는 것은 잘 알고 있다. 그러나 또 하나의 주범으로 꼽히고 있는 것은 매일 주고받는 전자메일이다. 열어 보지도 않고 보관하는 것만으로도 환경을 파괴한다는 사실을 잘 모르고 있는 사람도 많다. 메일과 같은 인터넷 서비스에 필요한 모든 프로그램을 데이터센터의 서버에서 관리한다. 이 데이터센터는 정보통신 부분 전체

전력 사용량의 약 20%를 차지할 만큼 에너지 소비량이 엄청나다고 한다. 그중 한 가지만 예를 든다면 세계 인구가 50개의 읽지 않은 메일을 삭제하면 8,625,000GB의 공간을 비울 수 있고, 그 공간을 비움으로써 276,000kWh의 전기를 아낄 수 있다는 것이다. 이는 1시간 동안 27억 개의 전구를 끄는 것과 같은 에너지 절약 효과를 가져다준다고 한다. 충격적이다.

그런데 여기서도 우리가 놓치고 있는 것이 있다. 전기 생산을 목적으로 사용되는 자원을 위해 소비되는 것들과 그와 관련된 산업들, 그것을 생산하고 유지하기 위해 들어가는 것들을 생각하면 더 어마어마하다는 사실이다.

그동안 무분별하게 일회용품을 사용하고, 덥다고 에어컨 온도를 더 내리고 춥다고 난방 온도를 올려 적정 온도를 무시해 왔다. 환경을 스스로 파괴하면서 나는 아닌 양 여겨왔다. 정말 무지몽매한 인간 중 하나다.

그렇다면 환경을 지키기 위해 우리가 할 수 있는 일은 무엇이 있을까. 우선 친환경 산업에 참여할 수 있도록 하는 정책은 물론이고, 관련 사업자 지원도 아끼지 말아야 한다.

사업자가 할 수 있는 일은 포장 용기 사용을 최소화하고 꼭 필요한 부분은 분리배출이 용이하도록 만들어야 한다. 포장 용기도 친환경으로 만드는 부분을 고민해 볼 일이다. 다행히 요즘 비용이 조금 더 들어가도 친환경으로 하려는 기업들이 늘어나고 있다. 물품

배송 시 비닐 뽁뽁이 대신 종이를 사용하고, 신선도 유지를 위한 아이스 팩도 분리가 가능한 물을 사용하는 곳도 있다.

내가 할 수 있는 일은 무엇이 있을까. 분리수거를 제대로 하는 것이다. 재활용할 수 있는 것과 그렇지 않은 것을 정확하게 알고 분리배출 하는 일이다. 물건을 고를 때 역시 친환경 제품인지 확인하여 올바로 구매하는 것 또한 환경을 살리는 일이 될 것이다. 소비자가 환경에 유해한 물품을 구입하지 않으면 자연히 생산이 적어질 것이기 때문이다.

어디 그것뿐인가. 무분별한 정보의 남발을 자제해야겠다. 전력 낭비 외에 광고성 메일이 홍수처럼 쏟아지고, 가짜 뉴스가 남발하고, 글 퍼 나르기, 남을 비방하거나 음해하는 글들이 난무한 것 또한 인터넷 세계에서 자제해야 할 일 아니던가. 이런 정서적 오염을 야기하지 않도록 해야 한다. 이러한 노력이 지구 환경을 살리는 일이요, 곧 사람을 살리는 일이다.

몸으로 배우는 교육

비가 온다. 때 이른 더위를 한풀 꺾을 단비다. 반가운 마음에 베란다로 향했다. 멀리서 소방차의 사이렌 소리가 들린다. 어딘가에서 다급한 부름을 받고 가는 길인가보다. 남의 일 같지 않아 목을 길게 빼고 내다보았다. 빨간 불자동차나 119구급차를 보면 마치 우리 자동차처럼 친근하다. 오랜 세월 소방대와 관련된 단체에 몸을 담고 있기 때문이리라.

'여성의용소방대'에서 활동을 한 지 14년째 접어들고 있다. 주로 불조심 예방 활동과 화재 현장을 찾아가 봉사활동을 해왔다. 119구급활동의 일환으로 응급처치법을 배워 강사로도 활동한다. 응급처치법 중 심폐소생술에 대해 알리는 수호천사 역할이다. 우리는 매년 지역행사에서 생명의 소중함과 함께 사람을 살릴 방법을 알려주는 일을 한다.

올해는 코로나19로 인해 상반기 교육이 제대로 이루어지지 않았다. 소방대원은 재난재해 현장 제 일선에서 활동하는 사람들이고,

민간에서 그들을 돕는 사람들이 의용소방대원들이다. 코로나19는 인간과 바이러스와의 전쟁이요, 현대 인류의 재앙이다. 그러나 우리 의용소방대원들은 속수무책이다. 사회적 거리 두기로 손이 필요한 곳에 도움을 주지 못할 뿐만 아니라 여럿이 모이는 것조차 자제해야 했다.

며칠 전이다. 올해 들어 처음으로 유치원생을 대상으로 심폐소생술 교육을 했다. 정기적인 교육을 통해 반복적으로 몸에 익혀야 실천할 수 있는 것이 실전 교육이다. 아이든 어른이든 환자와 맞닥뜨렸을 때 상황에 맞게 몸이 먼저 대처하도록 하는 것이 교육의 목적이다.

첫 시간은 다섯 살 반 어린이들이다. 마스크를 써서 얼굴이 반쯤 가려져 초롱초롱한 눈만 보인다. 아이들과 인사를 하고 오늘 교육할 내용을 먼저 동영상으로 보여 주었다. 영상을 틀자 한 곳으로 향한 아이들 눈이 반짝반짝 빛난다. 나는 간단한 설명을 하고 한 번씩 교육용 인형 '애니'의 심장 부분을 눌러보게 하였다. 고사리손으로 가슴 중앙을 눌러보지만, 어린아이의 힘으로는 미동도 안 한다. 눌리는 정도를 느낄 수 있도록 같이 압박하며 설명을 곁들였다. 그때 갑자기 한 남자아이가 운다. 어른처럼 보이는 애니가 무서웠는지 눌러보는 것은 물론 만지는 것도, 가까이서 보는 것도 다 싫다며 울음을 멈추지 않는다. 가끔 이런 일이 있기는 하지만 대부분 아이는 흥미로워하며, 심폐소생술의 중요성을 인지한다. 사람들에게서 점점 인식이 높아져 가고 있는 것을 느낀다.

처음 교육을 받을 때만 해도 일반인이 심폐소생술을 시행하는 경우가 불과 3.3%로 정도밖에 안 되었다. 환자가 쓰러지고 난 후 살릴 수 있는 골든타임은 4분이다. 그 시간 이내에 심폐소생술을 시행해야 뇌 손상 없이 살릴 수 있는 확률이 높다. 4분이 지나면 점차 뇌 손상이 커지고 10여 분이 지나면 뇌사 상태에 빠져 회생이 어렵거나 결국 사망에 이른다. 그러기에 그 짧은 시간 안에 응급조치를 해야 한다. 일반인 모두가 기본적으로 심폐소생술 응급처치법을 숙지하고 있다면 많은 생명을 살릴 수 있다. 지금은 교육하는 기관이 많아졌고, 환자를 발견하면 심폐소생술을 실시하는 일반인이 매년 증가하고 있다. 그만큼 교육의 중요성과 사람들의 관심이 꼭 필요한 것이다.

이 일에 관심을 두다 보니 문득 가족의 심장 소리를 들어 본 사람은 얼마나 있을까. 가족 모두가 심폐소생술을 할 수 있는 사람이 몇이나 될지 궁금하다. 아직은 많지 않을 것이라 본다. 환자의 발생 빈도가 가장 많은 곳이 가정이기 때문에 가족 모두가 알아야 비상시 응급처치를 할 수 있다. 그런데 실제는 그렇지 못하다.

행사 때 교육을 하다 보면 젊은 엄마들은 대부분 자기 아이가 배우기를 바라고 있다. 아이가 하기 싫다고 해도 어떻게든 설득을 하여 배우도록 유도를 한다. 아이가 설명을 들을 때 엄마도 함께 배워보라고 권하면 아이는 귀 기울여 듣는데 본인은 뒷걸음질을 친다. 정작 배워야 할 부모는 뒷짐을 지고 힘이 없는 아이에게만 배우라고 한다. 심장 정지로 인한 환자의 발생이 남의 일처럼 멀게만 느껴지나 보다. 부모들은 사람을 살리기 위한 것이 아닌 교육을 위한 교육에 열성을 보이는 경우가 많다.

교육하면서 뿌듯했던 순간도 많았다. 언젠가 터미널에서 성인을 대상으로 교육을 하려고 하는데 낯익은 이가 다가왔다. 지난해 배운 사람이다. 그는 실제로 터미널에서 환자가 발생했을 때 응급처치법을 익힌 덕분에 대처를 잘해서 무탈했다는 이야기를 전한다. 그 말을 듣는 순간 마음이 뿌듯하고 교육한 보람도 느꼈다. 심폐소생술 교육은 몸이 먼저 반응할 정도로 익혀야 한다. 실전 같은 교육이 중요하기 때문이다.

점점 흐릿해지는 사이렌 소리가 빗소리에 묻혀버린다. 나는 별일 아니기를 바라며 창문을 닫았다.

깜깜 절벽 앞에서

이동 보조기구를 처음으로 타본다. 휠체어에 앉아보니 경사면의 각도가 달라 보인다. 가파르지 않다고 생각했던 경사로가 급격한 장벽으로 느껴진다. 마음먹은 대로 운전이 잘 안 된다. 바퀴 하나 굴리기가 이렇게 힘들 줄이야. 눈높이에 따라 대상물의 인식이 확연히 차이가 난다는 것을 실감한다. 지인의 소개로 장애 이해 교육을 받게 되었다. 교육 중에 이동 보조기구 체험을 하면서 경험한 새로운 세계에 대한 충격이다.

그동안 가끔 요양원에 가서 휠체어를 탄 어르신들을 만나 왔다. 나들이 갈 때 이동을 도와준 적은 있지만 직접 타본 적은 없었다. 장애 체험을 통해 휠체어에 처음 앉아 이동해보니 쉽지 않다. 장애인을 위해 설치해 놓은 경사로를 대할 때 별다른 관심이 없었다. 나와는 상관이 없어 보였기 때문이다. 장애인복지관 경사로를 올라본다. 평소 경사면이 가파르지 않다고 생각을 했던 곳이다. 그 경사로를 휠체어 타고 올라가려니 팔만 아프고, 생각처럼 되지를 않는다. 내려올 때는 더하다. 빠르게 진행되다 보니 위험하기까지 하다. 브레이크를 잡으며 내려오기가 쉽지 않다. 비교적 시설이 좋은 곳도 이러한데 실제로 일반적인 거리나 건물을 이용할 때는 어떠하겠는가. 규정에 있으니까 그냥 형식상 설치해 놓은 시설물은 장애인들에게 또 다른 상처가 되겠다 싶다.

시각장애인 체험에서도 느낌은 마찬가지다. 안대를 쓰고 안내자와 흰 지팡이를 이용해 보행을 시도해 본다. 깜깜 절벽이다. 몇 발짝 안 뗐는데도 두려움이 앞선다. 나도 모르게 긴장이 된다. 옆에서 안내해 주는 이에게 의지할 수밖에 없다. 차근차근 주변을 설명해 주는 안내자의 소리에 절로 집중이 된다. 앞으로 몇 발짝 가면 장애물이 있다고 말해주지만 실제로 가늠하기가 쉽지 않았다. 설명 자체만으로도 길이 훤히 보일 수 있도록 안내해야 함이 절실하게 와 닿는다. 내 처지가 아닌 시각장애인의 처지에서 생각하고 그림 그리듯이 주변에 무슨 건물이 있는지 명칭과 위치, 방향 등 장애물을 좀 더 세세하게 이야기해 줘야겠다는 생각이 든다.

인간이라면 누구나 사람답게 살 권리가 있다. 사람답게 산다는 것은 보편적인 삶 속에서 행복을 느끼며 더불어 사는 삶이 아닐까 싶다. 장애인들에게는 모든 사람이 누리는 보편적인 삶을 살아갈 수 있는 조건 자체가 불리하게 주어졌다. 불편과 차별을 감내하며 살아가고 있는 게 현실이다.

요즈음은 건물이든 도로든 장애인 편의시설을 반드시 설치하게 되어 있고, 많이 실천해 가고 있긴 하다. 그러나 건성건성 형식적인 부분도 적지 않다. 이는 얄팍한 상술이 작용했기 때문일 수도 있으나 그들이 진정 장애인의 입장이 되어보지 못한 탓이 아닐까 싶다. 장애인들에게 온전한 조건을 만들어 주어야만 할 것이다.

안대를 하고 걷는 깜깜함 속에서 안내자의 말은 곧 빛이요, 눈이다. 휠체어를 운전해야 하는 일은 장애인의 몫이지만 그 길을 만들어 주는 것은 비장애인의 역할이다. 더불어 손잡고 갈 줄 아는 것이 사람 아닌가.

'역지사지(易地思之)'

상대방과 눈높이를 맞춰 그의 처지에서 생각하고 행동해야 함이 비단 이뿐이겠는가. 점점 생각이 깊어지는 그런 날이다.

다시 만권루를 꿈꾸다

문틈 사이로 손돌바람이 스며든다. 아침이 열리고 해가 얼굴을 내민 지 한참 되었는데도 살갗에 닿는 기운이 제법 차다. 겨울 채비인 김장을 알맞게 끝냈다. 이젠 어떤 추위가 와도 큰 걱정이 없을 것 같다. 이즈음이면 외부 활동은 줄고 나만의 시간이 많아진다. 여유롭다. 어쩜 책 읽기에 겨울이 가장 좋은 계절일지도 모른다.

진천읍에는 도서관 두 곳이 인접해 있어 책을 빌리기에 용이하다. 굳이 사지 않아도 읽고 싶은 책을 빌려볼 수 있고, 그곳에서 종일 책을 보아도 된다. 그중 한 곳에 가서 찾는 책이 없으면 걸어서 다른 도서관을 가면 되니 이용자 처지에서는 너무 좋다. 그런데 조선 시대 그 옛날에도 이런 도서관이 진천에 있었다고 한다. '완위각'이다.

두 해 전인가. 군립도서관 수필가 K선생과 초평면 양촌마을의 완위각 터에 간 적이 있다. 조선 시대 4대 사설 장서각 중 하나라는 것 등 그곳에 관해 이야기를 들려주어 어느 정도 완위각에 알고 찾은 것이었다. 이곳은 당시 서책, 시, 서화 등 다양한 종류의 장서를 만권이나 보유하고 있었다고 한다. 하여 '만권루'라는 별칭도 있다.

만권루는 유명한 학자들뿐만 아니라 인근의 선비들이나 당시 한양으로 과거를 보러 가던 선비들이 잠시 머물며 서책을 보았다는 얘기가 전해진다. 그럴법하다. 과거 보러 가는 길목에 있으니 아주 틀린 말은 아닌 것 같다.

그렇게 많던 책이 대부분 소실되었다. 한국전쟁 등 전란을 겪으며 불쏘시개나 뒷간의 휴지 등으로 사라지고 현재는 후손이 700여 권 정도만 보관하고 있다고 전한다. 유교 문화권 사업의 일환으로 복원 중이라고 하니 기대가 된다.

완위각의 주인 담헌 이하곤(1677~1724)은 문인이면서 미술 평론가로, 고려 말 학자 이제현의 14대손이라고 한다. 그 말을 듣는 순간 낯익은 익재공의 이름이 등장해 굉장히 반가웠다. 내가 익제공의 후손이기 때문이다.

나는 이곳에 이사 오기 전까지는 진천과 크게 연관이 없었다. 태어난 곳도 아니고, 이곳으로 시집을 온 것도 아니었다. 어쩌다 남편의 직장을 따라 와 정착하게 되었다. 그런데 익재 이제현이라는 이름을 듣는 순간 뭔가 끈끈한 줄로 연결되어 있다는 느낌이 들었다. 어릴 때부터 익제의 초상화며, 그를 위한 제향을 올리는 것을 많이 보고 자랐기 때문이다. 아버지는 경주이씨 익재공파 40대손이라고 늘 우리의 뿌리를 일러 주셨다. 그래서인지 이하곤 선생과 장서각인 완위각의 이름이 남다르게 들렸다.

이곳을 둘러보니 만권루는 사라지고 불에 타다만 사랑채만이 힘겹게 버티며 옛 명성의 끈을 겨우 잡고 있다. 안채가 있었을 것이라 짐작된다는 곳을 둘러볼 때는 굴뚝에서 하얀 연기가 금방 피어오르고, 만권루 안주인이 손님을 대접할 음식을 한 상 가득 들고 부엌에서 나오지 않을까 엉뚱한 상상도 해보았다. 사랑채 마루에 올라서서 눈 앞에 펼쳐진 두타산을 바라보았다. 집에서 볼 때는 몽환적인 느낌이 들었는데 가까이서 보니 풍광이 더욱 선명하고 아름답게 다가왔다. 막연히 완위각이 제대로 복원되었으면 좋겠다는 생각이 들었다.

그러다 올해 도서관 상주 작가 프로그램 수업 시간에 다시 그 '완위각과 이하곤'에 대한 강의를 듣게 되었다. 우리의 조상 이하곤에 대하여 좀 더 자세히 알 수 있어 좋았는데 안타까운 소식도 함께 전해준다. 2019년 11월 폭설로 간신히 버티고 있던 그곳, 완위각 사랑채마저 무너졌다는 소식이다. 복원 소식을 기다리던 나는 희미하게나마 잡고 있던 끈을 놓쳐버린 것만 같았다.

그래도 복원을 추진하고 있다고 하니 다행스럽다. 옛 명성에 걸맞은 도서관, 책과 문학의 향기 가득 머무는 새로운 만권루를 꿈꾸어 본다.

치열한 삶이 빚어낸 내면의 진정성

—이미선의 삶과 작품 세계

김윤희
수필가

Ⅰ. 장을 열며

척박한 땅에서 한 떨기 노란 민들레가 꽃을 피워 올렸다. 그리고 하얗게 웃는다. 대견하다. 갓털 속에 숨어있는 꿈이 수많은 또 다른 꽃을 피울 것을 알기에 더욱 그러하다.

작가 이미선이 삶의 조각들을 모아 첫 수필집을 낸다. 시고 떫어 세상에 내놓기가 부끄럽단다. 그러나 나는 안다. 그녀가 얼마나 치열하게 살았는지. 얼마나 성실하고 열정적으로 노력하고, 끊임없이 꿈을 꾸고 있는지.

수필은 자기 체험의 고백문학이라는 말을 굳이 들지 않아도 편편을 들여다보면 작가의 생생한 체험과 진솔한 삶이 농익어 있는 것을 느낄 수 있다. 마음의 빗장을 열고 올올이 풀어낸 진심이 뭉클한 감동과 울림을 주기에 충분하다.

내가 그녀를 만난 건 십수 년 전, 봉사단체를 통해서였지만, 글로써는 6년 정도 된다. 처음 자기소개를 하던 날, 마이크를 잡고 부끄러워 얼굴 붉히던 소녀의 모습이 아직도 생생하다. 당당히 앞에 나서기보다는 늘 뒤에서 말없이 뒷배를 봐주는 일을 자처하는 사람이다. 남을 배려하고 돕는 것이 몸에 배어 있다. 봉사활동을 해서 그런가 했는데, 본래부터 착한 심정을 가졌다.

'수필은 곧 그 사람이다.'라고 했다. 여러 만남을 통해 그녀가 풀어낸 글에는 따듯함이 묻어있다. 배려와 희생이 담겨 있다. 여리면서도 당찬 구석이 깜짝깜짝 놀라게 한다. 어려운 환경에서도 꿋꿋이 역경을 이겨나가는 모습이 우리네 어머니의 품성을 닮아있다. 나이에 비해 퍽 어른스럽다.

Ⅱ. 이미선의 작품 세계

1. 자신을 찾아가는 여정

> 문득 눈앞의 민들레에게 미안한 마음이 든다. 어쩌다가 내 눈에 띄어 작은 화분에 갇혀 있을까. 한정된 공간에서 제대로 날지도 못하게 자유를 구속해 놓은 건지도 모른다. 며칠 있으면 민들레는 자유를 갈망하는 하얀 솜꽃으로 변할 것이다. 그리곤 다시 어딘가로 떠날 채비를 하겠지.
>
> 민들레는 자신의 삶을 타박하지 않는다. 주어진 여건대로 묵묵히 화분에 들어앉아 저리도 예쁜 꽃을 피워내는데 하물며 인간인 나는 왜 이러고 있는 것인가. —〈민들레와 하얀 나비〉 중에서

길을 가다 우연히 훑어온 민들레 씨앗을 화분에 심는다. 어느 날 노란 꽃을 피워 올린 민들레를 통해 자신을 만난다. 척박한 땅, 보도블록 틈바귀, 어디든 주어진 여건을 탓하지 않고 순응한다. 정말 그랬다. 십수 년 보아 온 그녀는 한 송이 민들레였다. 연약한 몸에 짊어진 삶의 무게는 보는 이가 더 안쓰럽지만, 그녀는 빈 대궁에서 쓴맛을 토해 노랗게 꽃을 피워낸다. 그리고 웃는다. 늘 웃는다. 그

녀의 아이도 웃는다. 사랑이다. 미소 속에 언뜻언뜻 애잔함이 묻어 있는 것을 볼 때마다 마음이 짠해 온다. 그래도 끊임없이 꿈을 꾸며 갓털 속에 꿈을 싣고 나는 모습이 흐뭇하다.

주말을 이용해 집에 다니러 올 때마다 뻔히 보이는 집안 형편을 외면하기가 힘이 들었다. 책값을 가지러 갔다가 겨우 차비만 받아 오기 일쑤였다. 바로 아래 동생은 내가 돈을 많이 가져간다며 올 때마다 짜증을 퍼부었다. 거기에다 잘 먹지도 못한 상태로 남의 집 일을 다니는 엄마는 밭에서 쓰러지기도 했다. 나는 돈을 벌어야 한다는 압박감도 있었고, 무능한 아버지에게 화가 나서 대학 진학을 포기하겠다는 말을 얼떨결에 뱉고 말았다. (중략)

나의 모든 화는 고스란히 술과 화투로 시간을 탕진하는 아버지에게로 향했다. 책임감 없고 무능한 아버지가 미웠다. 말조차 섞고 싶지 않아 묻는 말만 답하고 마음의 문을 닫아걸었다.

—〈나를 깨운다〉 중에서

작가는 선생님을 꿈꾸며 명문여고를 가고 싶어 했으나 여의치 못하여 인근의 여고를 들어갔다. 그나마도 상업학교를 전학해야 했으니 어찌 어린 가슴에 꿈을 키울 수 있었으랴. 아무런 의욕도 없이 학교를 졸업하고 집을 떠나 직장생활 한다. 한풀이하듯 악착같이 돈을 모아 아파트도 장만하고 안정을 찾아갈 무렵 지금의 남편을 만나 아내로, 두 아이의 엄마로 치열하게 주부의 영역을 지켜왔다.

아이들이 크면서 문득 찾아온 공허, '나는 무엇을 꿈꾸어 왔던가.' 무료한 일상에서 자신의 정체성을 찾고자 하는 의식이 꿈틀댄다. 여성회관에서 퀼트를 배우고, 응급처치법 강사자격증도 취득한다.

또 하나 손잡은 것이 수필 쓰기다. 참으로 성실하다. 모르면 찾고, 배우기를 게을리하지 않는다. 끊임없이 자기를 성찰을 하며 잠자고 있는 의식을 깨운다. 수필을 쓰면서 학구열에 대한 갈증은 방송통신대학 졸업장을 따냈다. 《한국수필》을 통해 당당히 수필가로 등단도 했다. 그리고 '동화구연가' '그림책지도사' 이제 그는 선생님이다.

바느질하듯 한 땀 한 땀 스스로를 찾아가고 있다. 조금씩 당당해져 가고 있는 스스로를 발견한다. 스러져 있던 꿈이 슬몃슬몃 다시 깨어나는 소리를 듣는다.

읽던 책을 덮고 보호자 간이침대에 누웠다. 잠은 오지 않고 'EXIT' 글자가 자꾸 눈앞에서 아른거린다.

'출구, 출구'

문득 내 출구는 어디일까 머리가 복잡해진다. 나는 무엇을 향해 달려왔던가. 정신없이 살다 보니 건강은 나빠지고, 숨이 턱에 찬다. 과연 나는 옳게 살고 있는 것인가. 언제쯤 한가로운 쉼을 가져볼 수 있을까. 곰곰이 생각하다 옆에서 곤히 자고 있는 딸애를 바라본다. 깊이 잠든 딸아이 얼굴이 티 없이 맑고 편안해 보인다. 딸은 나를 늘 웃게 만든다. 내가 움직일 수 있는 힘의 원천이다.

—〈출구〉 중에서

사람에게는 크든 작든 각자 짊어진 짐이 있다. 수필가 이미선에게는 아픈 딸이 있다. 태어나면서부터 안고 있는 병세는 쉬 낫는 것이 아니다. 어쩌면 평생 끼고 살아야 할 숙명이다. 늘 긍정적인 시각으로 감내해 가고 있지만 때때로 왜 지치지 않겠는가. 입원한 딸이 잠든 사이에 병실을 빠져나온다.

문득 복도 계단 쪽에 'EXIT'라는 작은 글씨를 발견한다. 비상구다. 그 밑으로 조그마한 누름단추 누르고 밀어야 문이 열리지만, 밖에서 들어올 땐 출입증 카드가 있어야 열린다. 화재 등 위급상황에서 누구나 자유롭게 여닫을 수 있는 시스템이 아니다. 작가의 시선이 이에 머문다. 실제 필요할 때는 제대로 작동하기 어려운 것이다. 유명무실한 제도가 어디 이뿐이랴. 누군가 수없이 보고 지나쳤을 비상구가 예사로 보이지 않았다. 작가의 예리함이다.

늘 벗어나고 싶은, 그러나 벗어날 수 없는 답답함. EXIT, '출구' 그녀는 병실로 돌아와 평온하게 잠들어 있는 딸아이의 얼굴에서 답을 찾는다.

2. 부모님과의 만남, 그 화해와 치유

자전거가 고장 난 다음 날, 땀을 뻘뻘 흘리며 겨우 걸어가서 확인했을 때까지만 해도 감자밭은 멀쩡했단다. 그런데 하루 사이에 감쪽같이 감자들이 사라진 것이다. 옆 밭도 같이 털렸다. 매일 물을 날라다 주며 자식 같이 키운 것인데…. 그 허망함을 어찌 말로

다 할 수 있었을까.

감자는 엄마에게 그저 단순한 감자가 아니다. 삶이고 낙이다. 뙤약볕 마다않고 그리 열심히 감자밭을 드나드셨던 것은 자식들에게 수확물을 나누어 줄 수 있는 낙이 있기 때문이었다. 도둑은 자그마한 엄마의 낙, 그 삶의 한 토막을 송두리째 훔쳐 가고 만 것이다.

"그놈의 자전거가 고장만 안 났어도 캐왔을 텐데…."

—〈시간 도둑〉 중에서

하루에도 몇 번씩 오가며 공들여 키운 감자를 도둑의 한입에 털어 넣고 허탈한 마음을 자전거 탓으로 돌리는 엄마. 흘리고 간 풍신 난 감자 몇 알에서 엄마의 모습을 본다. 작고 지질하다. 6남매 배곯지 않게 하려고 온갖 궂은일을 감내해 오느라 쭈글쭈글한 얼굴, 호미처럼 굽어진 체구로 쇠잔해진 엄마의 기막힌 삶의 여정이다. 엄마에게 감자는 그냥 감자가 아니다. 차마 그 감자를 가져올 수가 없다 한다. 당신 먹을 것도 없으면서 자식에게 그것마저 내놓으려는 엄마는 우렁이다. 작가는 시간 도둑을 통해 회한 깊은 엄마의 삶을 눈물겹게 만난다. 참으로 요상한 건 작가 자신이 꼭 그 어머니와 같은 삶을 살아가고 있다는 것이다.

다음날, 엄마랑 나란히 침대에 누웠다. 덩치 큰 중국인 마사지사가 어깻죽지, 허리 등을 만지며 엄마와 딸이 어쩜 아픈 곳도 비슷하냐며 웃는다. 딸이라 그런 것도 닮았나 보다. 나도 따라 웃었다.

마사지를 해드리기에 앞서 나는 걱정이 되었다. 엄마가 연세도 있으시고 굽은 허리를 누르다 보면 뼈에 무리가 가지는 않을까 하는 염려 때문이었다. 그런데 막상 시작하자 당신은 괜찮다고 더 세게 해 달라고 한다. 마사지사가 세기를 달리하여 엄마의 아픈 곳을 누르며 어떠냐고 재차 묻는다. 우두둑우두둑 소리에도 엄마는 연신 "엄청 션해유" 하신다.

뼈 마디마디에서 우두둑 뚝뚝 하는 소리와 함께 엄마는 시원하다는 말을 신음처럼 뱉어내시다 이내 잠잠해진다. 응어리진 마음을 녹여내고 계신가 보다. —〈엄청 션해유〉 중에서

작가는 모처럼 딸네 집에 온 엄마와 마사지 숍을 찾는다. 침대에 누워서 한 줌 꼬부라진 할머니로 늙어 있는 엄마를 본다. "우두둑 뚜둑"뼈마디에서 나는 소리에서 아무도 알아주지 못한 엄마의 굴곡진 삶을 읽는다. 나 아프다고, 내 앞가림에 허덕이느라 엄마가 보이지 않았던 세월에 가슴이 무너져 내린다.

두 모녀는 서로에게 아픈 손가락이다. 아버지의 빈자리까지 대신하느라 어깨가 짓눌려 꼬부라진 엄마를 바라보는 딸과 평생 아픈 아이를 품에 안고 살아갈 딸을 바라보는 엄마는 각자 바윗돌 하나를 얹고 살아왔다. 이들이 나란히 침대에 누워 응어리진 삶의 덩이를 풀어내며 비로소 뼈마디가 풀리듯 편안하게 한마음이 된다.

엄마는 힘들어하던 딸이 편안해 보여 좋다고 한다. 딸이 등단하던 날 주름진 얼굴에 활짝 웃음꽃을 피우던 그 어머니의 얼굴이 떠

오른다. 딸이 못다 이룬 꿈을 하나하나 이루며 안정되어 가는 모습이 마냥 대견한 것이다. "엄청 션해유" 어디 몸이 풀려서이기만 하겠는가. 가슴에 뭉쳐 있던 딸에 대해 애잔함이 풀린 것이다. 그런 엄마를 바라보는 딸의 마음 또한 엄청 시원했으리라.

> 도착한 박물관은 아버지가 잠들어 계신 곳 건너편 호숫가에 위치해 있다. 문을 열고 들어서니 삼태기, 홀태, 호롱구…. 어릴 때 보았던 낯익은 물건들과 함께 벽면 한쪽에 동네 사람들이 보였다. '용수2리' 용암마을 사람들이다.
>
> 그곳에 아버지가 양복바지에 흰 셔츠를 입고 반듯한 모습으로 서 계셨다. 덩그러니 혼자다. 아버지는 밭에 나간 엄마를 기다리지 못하고 혼자 사진을 찍어 버렸다. 하필 엄마가 일 나간 날, 길이길이 남길 수몰민들의 모습을 찍으러 온 것이다. 늘 그렇게 아버지 안중에 엄마는 없으셨던 거다.
>
> —〈아버지의 여행〉 중에서

작가는 돌아가신 아버지 나이 즈음이 된 남편과 함께 아버지를 만나러 간다. '보령댐 애향박물관' 수몰된 고향 사람들의 가족사진 틈에 덜렁 혼자인 아버지, 그 아버지와 처음 눈맞춤을 한다. 유난히 쓸쓸해 보이는 그 모습에서 가족에게 다가가지 못하고 사랑 한 번 표현하지 못한 아버지의 속정을 읽는다. 그리고 단 한 번도 살갑게 대하지 못하고 밀어내기만 했던, 통한을 쏟아내며 비로소 아버지를 가슴으로 안는다. 진정한 화해다. 이것이 수필의 힘이다.

아버지는 모두 반대하는 회갑 잔치를 강행했다. 이듬해 간경화로 복수가 차 있는 상태로 해외여행을 고집하셨다. 8박 9일 여행을 즐기고 돌아와 김포공항에서 쓰러져 영원히 돌아오지 못할 곳으로 떠나셨다. 그렇게 이승에서의 소풍을 끝내고 가신 아버지, 당신은 어깨 위에 지워진 짐의 무게를 엄마에게 떠넘긴 것이 못내 미안해 그렇게 목소리를 높이고 고집을 부렸던 것임을 깨닫는다.

"미선이 왔니?"

이제야 아버지의 다정한 음성을 듣는 작가의 마음이 애잔하게 녹아 있다.

3. 가족 그 내면의 만남, 진정한 화해와 용서

꽃다운 나이 열아홉, 딸아이가 처음 제 손으로 일을 하고 첫 월급을 받아왔다. 학교 일자리 사업의 일환으로 행복나눔실무원 인턴 일을 하게 된 것이다. 안전한 학교 울타리 안에서 하루 네 시간씩 주어진 일이다.

410,320원, 어설픈 손으로 일을 해서 받은 첫 월급을 보니 가슴이 떨린다. 그 어느 것보다 귀하다. (중략)

2003년 1월, 처음으로 장애등급을 받던 날이다. 1급과 2급의 경계선에 있는데 2급으로 진단을 내린다. 눈앞이 노래진다. 어떻게 인사하고 나왔는지 정신을 차리니 진단 서류를 들고 아이와 함께 전철을 타고 있었다. 전철 바닥에 주저앉아 펑펑 울었다. 주변의 시선도 아랑곳하지 않고 하염없이 울었다. 내가 전생에 지은 죄가 얼마나 크기에 이런 시련을 주나 싶었다. 하늘이 원망스러웠다.

"왜 나는 건강한 아이를 낳지 못했을까" 한없이 마음이 무너져 내린다. 아이는 이런 엄마 마음도 모른 채 천사 같은 미소로 방글거린다. 그 모습을 보며 마음을 다잡고 일어섰다.

-〈사십일만 삼백이십 원〉 중에서

가슴 아픈 딸이 받아 온 첫 월급 410,320원, 작가에게 그것은 가슴 떨리는 희망이다. 그들 부부는 아들에 이어 딸을 얻었으니 세상 부러울 게 없었다. 그러나 아이에게는 '중증심장병' 진단이 내려졌고 이어 '2번 염색체 이상'이라는 질병이 추가된다. 의사는 유전적 이상으로 정상적인 성장을 어렵게 본다. 다 커야 140cm도 안 될 것이라 한다.

작가 이미선은 아이가 제 구실도 못할 것 같은 절망감을 이겨냈다. 엄마니까. 그 아이가 첫 월급을 받아 온 것이다. 키도 160cm, 제 엄마의 키를 훌쩍 넘어섰다. 허리 굽혀 인사를 하며 친화력 있는 아이로 자랐다. 엄마의 힘이다. 그녀 곁에는 늘 웃는 아이가 있다.

엄마 이미선은 아이를 숨기지 않는다. 부끄럽게 여기지도 않는다. 다만, 늘 챙겨야 하는 고단함을 감내하며 속앓이를 웃음으로 삭이고 있을 뿐이다. 밝게 웃는 아이는 엄마의 눈물꽃이다. 오랜 세월 옆에서 보아온 나로서는 아이의 손을 잡고 환하게 웃는 그녀를 보면 가슴이 먹먹해 온다.

입영식이 끝나갈 무렵 남편은 갑자기 숨이 안 쉬어진다며 가슴을 친다. 아들의 군대 입소식에 올 때까지만 해도 별 반응이 없었던 남편이다. 갑자기 멀어져 가는 아들을 향해 뛰어간다. 그리곤 이름을 부르며 사랑한다고 목청껏 소리를 지른다. 한 편의 영화를 보는 것 같았다. 전혀 생각지도 못한 행동이었다.

멀어지는 아이의 뒷모습을 보며 불현듯 지난날 자신이 애들에게 했던 못난 행동이 떠오르더란다. 아들과의 불통으로 아이의 마음을 모르기도 했지만, 자신의 화를 아이들에게 쏟아냈던 기억에 더 아파했다.

–〈남편의 사랑법〉 중에서

어느 날, 남편은 미안했는지 커피를 타 갖고 와서 같이 마시자며 옆구리를 콕콕 찌른다. 남편은 손가락 세 개를 펴서 눈 옆에 대고 씨익 웃으며 "한 번만 봐줘, 나 세 살이잖아" 한다. 그 모습에 웃음이 빵 터졌다. 속상했던 마음은 온데간데없이 봄눈 녹듯 사르르 풀렸다. 그동안 힘들게 해 미안하다며 사과도 한다. 영원히 철들고 싶지 않다는 그를 미워할 수가 없다. (중략)

'그래, 봐 주자. 늦둥이 아들 하나 더 둔 셈 치지 뭐.'

–〈한 번만 봐줘〉 중에서

작가는 오랫동안 가슴앓이 해온 남편의 이야기도 숨김없이 털어놓았다. 첫아들 낳고 이어 두 번째로 얻은 딸, 청천벽력 같은 딸의 장애에 얼마나 당황스러웠을까. 쉬 받아들일 수 없는 현실, 그 화를 딸에게, 아들에게 쏟아내어 그녀를 더 아프게 했던 남편이다.

그런 남편이 아들 입영 날, 아들에게 했던 행동을 돌아보며 가슴을 친다. 통한이 얼마나 컸으며 숨을 쉴 수가 없었을까. 아들에게 외친 그 한마디"사랑한다"그 말을 얼마나 속으로 삼키고 살았을지 그녀는 안다.

아들이 군대 간 후 아들이 좋아하는 음식도 먹지 않고, 휴가도 가지 않겠다는 남편, 그 어설픈 사랑법은 〈한 번만 봐줘〉에서도 여실히 드러난다. 대개의 한국 남자들이 그러하듯 마음에 있어도 제대로 표현 못 하고, 안타까운 마음을 외려 화로 풀어내던 그의 남편에게도 변화가 왔다. 이제 아이들과의 벽도 허물고, 사랑을 표현해 가는 모습이 편안해 보인다.

4. 사회와의 만남, 깨어있는 작가 정신이 던지는 메시지

이동 보조기구를 처음으로 타본다. 휠체어에 앉아보니 경사면의 각도가 달라 보인다. 가파르지 않다고 생각했던 경사로가 급격한 장벽으로 느껴진다. 마음먹은 대로 운전이 잘 안 된다. 바퀴 하나 굴리기가 이렇게 힘들 줄이야. 눈높이에 따라 대상물의 인식이 확연히 차이가 난다는 것을 실감한다. (중략)

시각장애인 체험에서도 느낌은 마찬가지다. 안대를 쓰고 안내자와 흰 지팡이를 이용해 보행을 시도해 본다. 깜깜 절벽이다. 몇 발짝 안

뗐는데도 두려움이 앞선다. 나도 모르게 긴장이 된다. 옆에서 안내해 주는 이에게 의지할 수밖에 없다.

―〈깜깜 절벽 앞에서〉 중에서

장애인 체험활동을 통해 그들이 실제 겪고 있는 어려움을 생생히 전한다. 예사로 보았던 장애인 시설이 얼마만큼 그들을 위한 편익시설이 되고 있는가, 장애인들에게 보편적인 삶을 살아갈 수 있는 조건 자체가 불리하게 주어졌음을 깊이 천착하게 된다. 눈가림으로 해 놓은 시설물이 그들에게 또 다른 상처가 되고 있음을 예리하게 지적하며, 어려운 이들을 보듬는다.

이 외에도 자연과 환경문제를 다룬 〈경고〉 〈나만이라도〉 라든가. 지역 문화재를 통해 보존해야 될 우리의 것들에 대한 애정도 눈길을 끈다. 나와 가족에서 벗어나 사회로의 시각을 넓혀 메시지를 던지고 있다.

Ⅲ. 장을 닫으며

작가 이미선의 삶을 돌아본다. 참 무던히도 견뎌왔다. 남달리 감당하기 어려운 상황을 용케 이겨내고 있다. 그러면서도 늘 웃음을 잃지 않는다. 남을 배려하고 돕는 일에 앞장선다. 바르고 무던한 심성 때문이다.

그녀의 수필은 꾸밈없고 솔직하다. 진솔하다. 아픈 속내 드러내고도 아프다고 징징대지 않는다. 치열하게 이겨내는 강인한 모습을 보인다. 세상을 긍정적으로 보는 눈을 가졌다. 죽을 만큼 힘이 들어도 인상 찡그리지 않는 이유다. 그늘 속에 있을 법한 딸아이가 세상 밖으로 나와 활짝 웃는다. 잘 컸다. 늘 웃는 엄마의 힘으로 의사도 하기 어려운 일을 해냈다.

그녀의 수필은 나를 들여다보며 진정한 나를 찾아가는 과정에서부터 엄마 아버지, 아이들 이야기가 많은 부분 차지하지만, 단순히 나와 가족사에 그치지 않는다. 이웃과 지역 사회로 의식을 확장하여 함께 고민해야 할 부분까지 짚어냈다. 가정주부로서만 살아온 게 아니라 봉사활동을 통해 터득한 메시지가 녹아 있기 때문이다.

끊임없이 자신을 성찰하고, 배움의 끈을 잡고 있다. 사회 활동을 해 오면서 특히 장애인 문제에 남다른 관심을 두고 참여한다. 활발한 활동이 글로 형상화되어 의식을 깨우고 있다. 글은 곧 그 사람이라는 말이 딱 들어맞는다.

그녀의 수필집 마지막 장을 덮으며 흔흔한 마음이 든다. 무녀리라 할지라도 작가 이미선은 내겐 첫정이라는 특별한 의미가 있기 때문이다. 한 글자 한 글자 정성스럽게 빚어낸 작품의 진정성을 아는 까닭이다. 치열한 삶의 자세, 성실하고 따뜻한 마음이 녹아 있는 이 한 권의 책이 아름다운 세상을 만들어 가는데 분명 디딤돌이 되리라 믿는다. 작가로서 자긍심을 갖고 정진하기를 당부하며 박수를 보낸다.

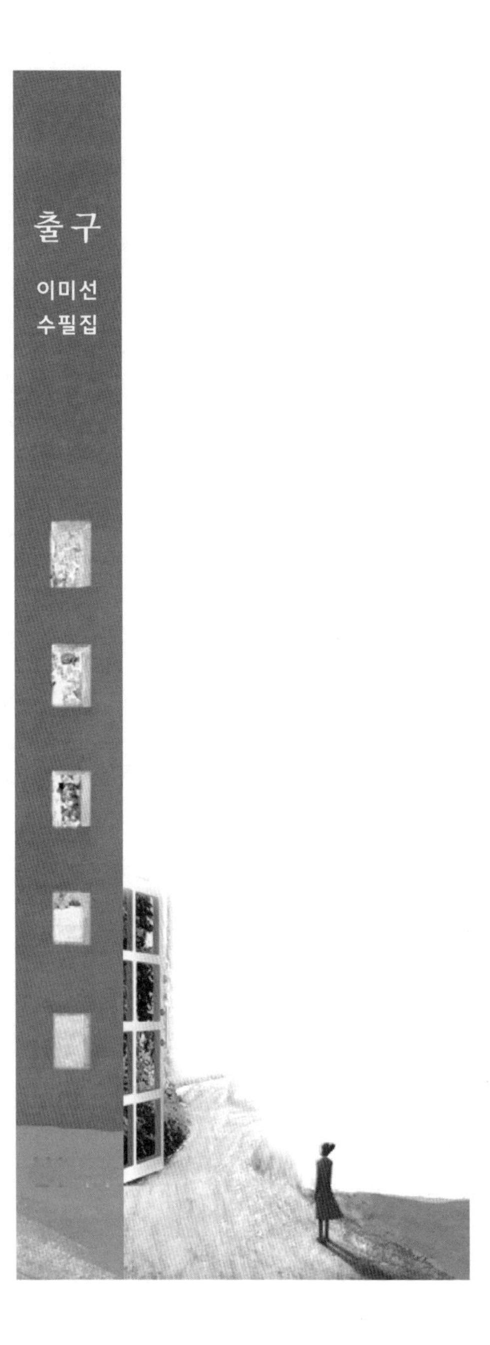
출구
이미선
수필집